离别的声音

〔日〕青山七惠 著

竺家荣 译

南海出版公司

新经典文化股份有限公司
www.readinglife.com
出 品

目录

新大楼   1

修鞋的男人   33

自己的女儿   65

二饲先生的近况   95

徒劳   123

法比安家的回忆   157

新
大
楼

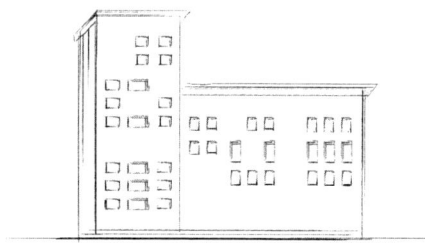

马路对面新起了一座高楼。

真美子每天早晨给窗台上的花瓶换完水，便从百叶窗的缝隙间俯瞰下面的建筑工地。大楼一天天在增高，遮挡参差不齐的钢筋和玻璃窗的灰色挡板的面积也在扩大。前几天，敲击金属的声音还像是从隔得老远的房间的电视里传来的一样，现在听着也像屋子里的电话铃声，或者电脑开关机时的电子音那么近了。

真美子每天吃完午餐回公司的时候，都会顺路走到那个工地前，去呼吸一通那里的电焊火花味儿、尘土味儿，或者没有干透的水泥味儿。她觉得这些气味和寺庙里的香火味儿有那么一点相似。

人行道和正施工的大楼之间隔着一道蛇纹样的铁丝网护栏。透过网眼，真美子能仔仔细细地观察工地上那些男人身上穿的脏兮兮的工作服，还有从他们后裤兜里露出来的摇摇晃晃的手机链之类。只不过他们的脸全都是黑黢黢的，一个模样，她只能凭着有没有留胡须啦、安全帽下边露没露出头发啦，以及身体的胖瘦来区分谁是谁。

真美子朝着四车道大马路的十字路口走去，途中，铁丝网护栏变成了印有建筑公司商标的白墙。白墙正中央画着一张大大的宣传画，上面是个浓眉大眼、稚气未脱的年轻建筑工人，头上戴着和铁丝网里那些建筑工人一模一样的黄色安全帽，微微仰着脸在向路人鞠躬。真美子怎么看都觉得这幅宣传画画得不招人待见。

立在宣传画旁边的布告板上的"建筑计划公告"里，详细写明了占地面积、建筑面积、主体结构、楼层数、施工方、设计方等等。"开工日"是七个月前，"计划完工日"是十三个月后。在这张告示旁边，还挂着一块办公室里用的那种白写字板，上面用碳素笔写着以"致附近居民"为标题的本周施工计划。

这个"致附近居民"里面包不包括我呢？大概包括在里头吧。我整天都在它对面这座大楼里上班呀。真美子打算自己予以认可。

可话又说回来，什么时候完成什么，干吗要规定得这么死呢？不管是制订一周菜谱还是海外旅行计划，真美子都特别发憷。她订的计划差不多都会推迟。即便订得比较宽松，食材和时间有了富余，可是若不能消化这些剩余之物，也给人失败感。

真美子看了看表，午休时间还剩几分钟，再加上刷牙和化妆的工夫，回去时肯定超过一点了。一想到那迎接自己回办公桌的目光，真美子就不由得郁闷起来。

虽说会感觉郁闷，但真美子几乎每天都稍稍超出一个小时的午休时间，才回办公室去。

真美子现在在一位孕妇手下工作。

虽说是手下，其实这位孕妇没什么头衔，所以不能算是上司。年龄多大也搞不清楚。不知道她是哪年来的这家公司，从她和同事的对话来判断，好像在这儿有些年头了。真美子虽说进公司已经三个月了，但每天打照面的人在这儿干了多长时间，她根本就猜不出来。这也难怪，她每天都和这位姓藤仓的孕妇在一个小房间里工作。

她们俩的办公室被称为"藤仓的房间"或被直呼为"小房间"，有八叠左右，位于写字间最边上。一推开贴着"操作间"三个银字的门，迎面便是成堆的写着"溶解"两个草字的纸箱子。这些纸箱有时候堆得都快赶上将近一米七的真美子高了。

参观完工地回来，真美子简单地刷牙和化妆后，推开小房间的门，飞快地说着"我回来了"，一屁股坐在自己的椅子上。

房间里只有两个人，所以这声音听起来格外清晰，仿佛在强调自己迟到了似的。像以往一样，盯着电脑画面的藤仓只抬了一下眼睛，说了声"回来啦"。一副镶着厚镜片的粗框眼镜稳稳地架在她的眉宇之间，染成茶色的鬈发打着旋儿松松垮垮地垂在肩头。怪怪的眼镜，每天真美子都这样想，今天也不例外。

真美子开始查看邮件时，藤仓倏地站起身来，拎起藏蓝色的尼龙小手袋，说声"我去吃午餐"，就走出了房间。

真美子使劲伸了个懒腰。

两个人待在狭小的房间里，几乎一整天都不说话地埋头工作，起初她还觉得这样蛮有趣，以为自己很享受这样的工作环境。可干了还不到一个星期，她就清楚地意识到，每当藤仓一离开，自己的注意力就会像结结实实绕成团儿的毛线球一下子松懈了似的，盯着屋子里某个地方发呆的时间越来越长。"累死了。"她甚至会这样自言自语，"真够累的，她在的时候。"一旦有了这样的感觉，她就巴不得藤仓不在的时间越长越好。

就连午休时间，真美子也一向是超出一会儿才回来，所以希望藤仓也晚一点回来。虽说这么期望，但是藤仓必定在一个小时以内回房间。因临时开会等等，藤仓有时离开大约一刻钟，随着她的关门声，真美子脸上会禁不住漾起微笑，想控制都控制不了。

不过，现在已经没有必要再忍着不敢笑了。真美子一个人想怎么笑就可以怎么笑。因为从下个月开始，藤仓不再来公司上班了。

　　几天前的一个早晨，藤仓告诉真美子她怀孕了。

　　快上班时，藤仓用和平时布置工作一样平板的语气问道："你现在有空吗？"还没听完真美子慢吞吞的回答，便告诉她："我这个月月底就辞职了。"

　　"啊？这么突然。为什么呀？"真美子慌了神，虽然猜不出原因，却感觉跟自己有关似的。

　　"因为我怀孕了。"

　　藤仓并没有显得不好意思，她等着真美子回应。真美子心里想着不要看，却还是忍不住朝抽屉前藤仓的肚子瞧了一眼。她的肚子还是瘪瘪的呢。

　　"是真的吗？"

　　藤仓一脸惊讶地回答："是啊，当然是真的了。"然后就像对一个头脑迟钝的孩子说话似的，接着说："公司里已经有几个人知道了，但这种事我还是想自己告诉你。还有，我已经报告部长了。所以，我把这里的工作稍微整理一下，从下周开始跟你交接，请多关照。"

　　"啊，好的……"

　　然后一直到下班，两人再没有交谈。

在干活的间歇，真美子虽然也会想"藤仓因怀孕辞职了"，但基本上想的都是"这事到底是真的还是假的呢"。其间，营业部的几个人先后来跟藤仓确认什么，不过有关怀孕的事，藤仓和其他人都没有提及半句。

最令真美子感到匪夷所思的是，藤仓眼睛一刻不离开资料和电脑屏幕，究竟是怎么监视自己的进度的？每当真美子的活儿告一段落，想歇口气的时候，藤仓便不失时机地发出下一步该做什么的指示。她的声音听起来就像小孩子学大人说话那样嗲声嗲气的。

不光是声音，藤仓脸上每一个部件都小巧玲珑，唯独眼睛又大又圆，即便妆化得再漂亮，她给人的印象也还是娃娃脸。虽然戴着一副与脸型极不相称的镜片极厚又俗不可耐的眼镜，但这种不平衡感更加强化了整个人的幼稚感觉。虽说如此，真美子起身把文件递给坐着的藤仓时，也曾发现她那打理得很入时的茶色鬈发里夹杂着少许白发。

现在也是这样，真美子站在藤仓身边，打算利用午后从百叶窗间照进来的阳光寻找藤仓的白发。藤仓为了核查真美子打印的资料，手里拿着红色圆珠笔，正低着头看。

不知藤仓是不是意识到了自己的视线？真美子心里揣测着，继续凝视她的后脑勺，仿佛要在那儿一点点钻出个洞似的。藤仓用指尖捏着笔，在一个单词上停顿下来，打了一个大大的叉，然后在几个数字和句子上也打了同样的叉。

真美子转过身去，扒开百叶窗一看，起重机正在将地面上散落的钢筋下脚料归拢到一起。从五楼望下去，那些钢筋宛如工具箱里一堆弯曲的钉子。真美子轻轻叹息了一声，把半袖衫的袖子挽到肩头。

"你热吗？"

藤仓好像核查完了，看着回过头来的真美子的眼睛问道。真美子看见桌上的资料打满了红叉。

"嗯，有点。"真美子回答。

藤仓没有说话，走出去了。过了十几秒钟，她拿来一个黄绿色的大电风扇，放在她们那两张并排摆放的桌子对面，把插头插在角落里的电源插座上，过来打开了电扇。随着噗的一声，空气被搅动了，凉风吹拂到真美子的脸颊上，在她耳边留下酥痒的感觉。

"这个，请修改一下再交给我。"

接过资料，真美子回到座位上，将电脑里的文字修改成写在叉子旁边的那些红字。

设定为摇头的电扇，交替着给真美子和藤仓送来凉风，并不因真美子的期望而多吹给她一些。电扇也吹拂着电脑旁一角摆放着贴了统一尺寸记事贴的文件夹的无人空间，还有藤仓电脑边上贴的粉红记事贴，而后把藤仓眼镜两边垂着的鬓发吹得飘舞起来。

藤仓桌子上的一张记事贴被风吹到了地上。真美子冲着风扇使劲张大嘴巴，吸入了一大口带着塑料味儿的空气。

"樋口小姐。"藤仓飞快地说道。真美子将嘴巴张得更大一些，想发出"哎"的声音。

"那些资料回头再改也行，给快递公司打电话了吗？"

"打了。啊，没打。"

"到底打没打？"

"还没有……"

"请现在打一个吧。就是送货那件事。请他们从星期五开始改时间，不然营销部就不好办了。尽快打一个吧。"

藤仓噼里啪啦地敲起键盘来，犹如要刺激出真美子的反应一般。真美子捡起掉在地上的记事贴，放回藤仓桌边。

藤仓只说最低限度的必须要说的话。

真美子无法想象，和这个人长期在一起的人，无论是她肚子里孩子的父亲，还是她的父母或者朋友，他们都是些什么样的人呢？放松紧闭的嘴唇，摘掉连细微灰尘也不放过的厚眼镜，懒懒地躺倒在沙发上自说自话，和朋友天南海北地胡聊一通之类的事，她曾经做过吗？她对某件事情感到过彷徨，或者发自内心地吃惊过吗？把那修得很漂亮的眉毛往下一耷拉，鼓起鼻孔，嘴巴张开三指宽使劲往外咧那样的滑稽表情，她做得出来吗？还有，难道就不曾有人对她说："你不觉得你的眼镜怪怪的吗？"

"樋口小姐。"

"啊，哎。"

"快递公司的电话号码，你要吗？"

与想象中的藤仓相差很远，眼前的藤仓显得很焦躁。真美子抬起手按着额头，以懒懒的目光回应她。

真美子今年二月进公司的时候，对面的大楼已经开始施工了，但还不到这栋大楼一半高。建筑工人住的预制板房现在已经遮蔽在新大楼的阴影里，那会儿还几乎一览无余呢。

真美子想看到一片平地上凭空出现一个巨大的钢筋水泥地基，然后搭建起脚手架，并一天天被建筑工人的黄色安全帽星星点点地覆盖起来的光景。

现在是五月中旬，让人汗津津的艳阳天已持续了好几天。樱花开始凋谢这几周以来，新大楼眼看着增高了好多。瞧这架势，下周就会超过自己工作的这座大楼了。

真美子工作的公司，租用的是一座在这一带以陈旧闻名的写字楼的五层。

这一带漂亮高楼林立，而这座只有八层高的建筑外观就像生了锈的骰子一般寒酸。空调夏天制冷很不给力，冬天制热却好得出奇，暖风劲吹，遍及公司每一个角落。由于这个缘故，来上班的人一年到头都是夏装打扮。除了一部分男士夏天也喜欢穿西服，女士们基本上是半袖衫，到了冬天，她们只需在外面套上一件黑色或咖啡色的厚外衣就足够了。

是藤仓把这座写字楼的特殊习俗告诉真美子的。

真美子进公司那天，总务主任简短地向她交代了工作内容，便把她带到最边上的这个小房间。当时，真美子把羊绒短外衣搭在胳膊上，穿着银灰色套裙，鼻尖渗出了汗珠。

一进房间，首先映入眼帘的是一摞摞堆得毫无章法可言的纸箱。背靠窗户并排摆着两张桌子，靠近门口的桌子前坐着一个在写东西的女子。当她抬起头来，只见她鼻子上架着一副大大的眼镜，嘴唇紧闭，给真美子的印象至少是不大高兴。两张桌子前面有条不宽不窄的过道，这儿宛如一间永远不会有面试者进来的奇妙的面试室。

"藤仓小姐，这位是接替远藤君的樋口小姐。请你带一带她。"

总务主任说完，那女子立刻站起来低下头，说："请多关照。"然后又坐下了。真美子在心里默念了一遍"藤仓小姐"。她胸前的口袋上用别针别着一张名牌大小的纸条。真美子眯起眼睛，想看清楚那上面写的是什么，却感受到对方镜片后面逼人的压力，只好将视线转向窗外。

总务主任一离开，藤仓便问真美子："你热吗？"真美子用手背抹了抹鼻尖的汗，回答："嗯，有点。"藤仓站起来，带真美子来到房间角落的衣帽架前。上面吊着两个黑色衣架，其中一个端端正正挂着一件比翼式样①的驼色短大衣，就像商店里卖衣服似的。

"请把大衣挂在这儿。"

真美子照着吩咐把外衣挂上去，顺手抹了一把鼻尖冒出的汗，同时飞快地瞅了一眼旁边细长的储物柜。

"不挂在这里面也可以吗？"

藤仓不耐烦似的答了句"可以"，就回到座位上去了，一坐下便立刻开始写东西，丝毫没有表现出关心真美子的意思。"那个……"真美子想问点什么。"请稍等一下。"藤仓这么回答，却没有停下打字的手。没法子，真美子只好把自己的东西放在那张空着的桌子上，从百叶窗的缝隙间往外眺望。黄色的安全帽就像便当盒里吃剩的炒鸡蛋残渣一般，散落在灰色挡板间。

"那边要盖新的大楼。"

过了五分钟，藤仓用漠不关心的口吻说道，她手里的活儿似乎告一段落了。然后，她瞅着真美子身上的银灰色套装和鼻尖上又开始冒出来的汗珠，同样用淡淡的语调告诉她这个楼里一年到头不变的温度和明天该穿什么来上班。

---

①不露出扣子的式样。

真美子一边听，一边想，我不怎么受欢迎。

真美子从事的工作不需要专业知识和熟练的技术，也不需要高度的注意力。

这家公司承接的是邮寄内衣和化妆品广告邮件的业务。真美子的主要职责是将退回的邮件信息整理出来，每周一次汇总给藤仓。因地址不明或拒收而退回来的邮件，每天足足有三箱之多。

每天早上，藤仓肯定会早在真美子到公司之前，便坐在自己的桌子前开始工作了。

刚开始去公司上班时，真美子也觉得比藤仓晚到不大合适，于是每天都比头一天提前五分钟上班。同居的男友见她对工作这么投入，不住嘴地赞叹着"佩服死你了""真强"什么的，真美子听着也挺受用。可是，无论她提前多少分钟离开家，一推开小房间的门，还是会看到喝着绿茶若无其事工作的藤仓。到提前了四十分钟去上班为止，真美子终于放弃了，此后便依照面试时总务主任说的时间上班。

每天早晨，真美子将男友做的煎蛋和烤面包片填进安静的肚子里，坐地铁，乘电梯，推开小房间的门，闻着绿茶味儿，以同样短的时间眺望一下正埋头工作的藤仓和窗外的新大楼，开始自己的工作。她先大致清理一下桌面，然后给花瓶换水，并再次确认窗外新大楼的进度后，才灵巧地使用大号裁纸刀打开纸箱，取出里面塞得满满的信封，将退件地址输入电脑数据库。桌子上堆不下了，便一股脑儿扔进脚边送去溶解处理的纸箱。干这些活儿时，她几乎用不着说一句话。

藤仓正在真美子旁边打电话。

电话那头是真美子几天前联系过的快递公司。藤仓想请对方推迟周五送货的时间，她声音洪亮，很客气地请求对方同意。这就是说，真美子前几天的交涉以失败告终了。

"是啊。您说得一点都不错。正因为明知道是周末，还请贵公司务必等我们一下，才感觉特别过意不去……既然终归要请贵公司等一等，那么……是啊……"

真美子斜眼瞅了瞅藤仓，见她用圆珠笔在作废的打印纸订成的记事本上画着一个个黑色圆圈，偶尔也画个星形或三角形。

挂断电话之后，她没有骂街，也没有叹气，面无表情地瞥了真美子一眼，然后把椅子转了半圈，用鞋尖碰了碰观叶植物的叶子，站起来走出了房间。她的背影看起来很窈窕。

真美子没看见过妹妹啦表妹啦或朋友的肚子渐渐大起来的过程，所以对怀孕这种生理现象总是没有真实的感觉。虽说也知道自己就是这么生出来的，可单从街上屡屡见到的孕妇裙子下面难看的肉球和她们不加修剪任其生长的头发来看，真美子怎么也想象不出她们的大肚子里生出来的那个小东西的成长过程，更别提从个头矮小不爱说话、和生孩子的事情似乎无缘的藤仓肚子里生出孩子来了。

两个人原本就不怎么说话，虽然现在其中一人决定辞职了，两人之间还是那副老样子。听藤仓告诉自己怀孕的消息之后，真美子知道的只限于她已经结婚，这是第一次怀孕，反应比较轻。

不知道是什么缘故，藤仓没有戴结婚戒指。而且真美子从她身上丝毫嗅不到由"主妇"这个词唤起的烤面包或酱油的气味。

真美子独自一人待在办公室里，只听见电风扇搅乱了空气。她转了半圈椅子，把百叶窗拉到头，观赏窗外在建的新大楼。

"有了孩子怎么办？"早上，真美子问一起生活的男友。

正在煎蛋的男友将目光从平底锅上抬起，看了一眼站在旁边的真美子的肚子，然后摸了摸鼻子下面，又把手放回锅把上，用厨房纸巾擦去多余的色拉油，回答："那就结婚吧……"

男友像是征询意见，又像是自言自语，真美子觉得这回答和哼哼唧唧差不多，听不出个所以然来。

男友转过身去，往已经烤热的平底锅里打鸡蛋。

真美子把锅铲递给他，瞅着蛋清边缘逐渐变成茶色的焦糊状，心里暗想，现在的自己，恐怕已经失去获得某种决定性的东西的时机了。

只要不下雨，真美子都在斜对面大厦前的广场上享用三明治午餐。她坐在供吸烟者使用的紧挨喷水池的两排长椅子上，夹杂在穿西服的男人们或穿凉鞋的女人们中间悠悠然地吃东西，然后打开看了一半的文库本，抽上一支烟。回去时顺道观摩新大楼。吃午餐时，她会抬头看好几次自己工作的那个房间的窗户。

真美子知道藤仓也在这个广场上吃午餐。去午休时，她带的那个藏蓝色小手袋里好像装着便当。尽管很小，公司里也有个吃便当的休息室，但不知为什么，藤仓从来不去那儿吃。藤仓和真美子不一样，她在公司里朋友不少，却一次也没见她进过那间屋子。也许是有什么说法吧。

回到房间，目送藤仓出去吃午餐后，没过一会儿，真美子又将目光转向窗外。忽然，她发现与刚才自己坐过的地方相对的禁烟区那边的长椅上，坐着一个很像藤仓的女人。她凝神仔细观察，渐渐眼睛开始发干，视野模糊起来，便眨巴了几下眼。请再多待一会儿，多待一会儿。她只在心里头念叨，没有说出声。

藤仓回来的时候，退回的邮件已在真美子桌上堆成了山，还掉在地上好几封。真美子说了句"你回来啦"，右手仍在打字，视线在电脑和拿着信封的左手间往返。

跟月底辞职的藤仓如何交接，公司并没有什么特殊的要求，所以，真美子遵照藤仓的吩咐，将她说的话逐一记录在本子上，并给工作时必须使用的资料一一标上号码。

藤仓负责的工作内容比真美子的复杂得多，经常要制作那种需要并排盖好几个章的文件。收纳有业务往来的公司名片的厚夹子也挪到了真美子桌上。为了听藤仓说明而把椅子挪到她身边时，真美子从她膝头附近闻到一股衣服护理剂的气味。

"你刚刚熟悉工作，就要一个人干两个人的活儿，暂时会辛苦一些。好在又分配了一个人过来，下个月就来上班了。"

"是。"

"这个人以前在咱们公司里干过，一般的活儿都会。"

"是吗？"

藤仓扬起眉毛瞧了瞧真美子，然后补上一句："是女的。"真美子感觉她期待着自己回答点什么，便决定发表一下真实的想法："哦？要是来个男的，还能多少激发点干劲，但也要看是什么样的男人，要是让人失望的话，也挺烦人的。所以呢，不管是男是女，我真的无所谓。"藤仓只答了一句"哦，是吗"，便移开了目光。真美子看见藤仓放在电脑旁边的茶杯已经喝干了，杯底贴着几片茶叶。

真美子觉得对不太熟悉的女人说出真实想法，只会招惹是非。为了有话题可聊的提议也好，添枝加叶的传言也罢，在两个人之间一说出来，只会像系绳松了的气球那样，在空中歪歪扭扭地飘来飘去，最终啪嗒一声掉到地上。

一边听着藤仓讲解付款单的写法，真美子一边想，迄今为止的淡漠态度有必要继续保持下去。

宣布辞职之后，藤仓一天要打 N 个电话。

她总是来回说着车轱辘话，不时发出笑声或做个鬼脸，给真美子不认识的各种人物用不同的说法传达着"我要辞职了"的意思。

用话筒和没用话筒，人的声音怎么会有这么大的变化呢？真美子觉得无法理解。如果自己在话筒那一头，藤仓会用什么样的声音说话呢？

为了改变两人之间冷漠的关系，真美子也曾努力过，尽管很微小。

当然，她并没有积极主动地做过什么，只是改变了一下姿态而已：当藤仓对自己说话的时候，自己的回应至少要让对方感到愉快。以前，真美子一直像听老年人说话那样，全身静止不动，侧耳倾听，无论理解了多少内容，一律特别郑重其事地回答。她觉得以后要稍微放松一些，不能这样。回答时要轻松自然，问话时要干脆利落。可是，她没能坚持多久。原因之一是藤仓一成不变地使用敬语跟她说话，所以一段时间后，她又恢复了以前的态度。除了工作之外，她们之间几乎等于不说话。

窗外新大楼的噪音没有中断的时候。即使两人不说话，沉默也不会显得那么突兀。

真美子偶尔会想，如果没有那座大楼的噪音，会怎么样呢？会寂静无声吧。自己会不会对这寂静感到恐惧呢？这会不会成为说话的契机呢？如果是这样，一切就会改观了吧？

交接工作从下午到傍晚，每天都在进行。

真美子每天瞧着不断增高的大楼和藤仓一直不见进展的肚子过日子。连着下了几天雨，天又转晴时，真美子接到了为藤仓举行的欢送会的邀请。时间是藤仓离开公司的前一天。

一位经常和藤仓一起下班回家的中年女职员向全公司员工发了这封邮件。真美子对通知全公司员工感到吃惊。她以前工作的公司，欢送会一般都是由各主管部门负责召集的。这样大张旗鼓是因为公司规模小呢，还是因为藤仓人缘好到如此程度呢？真美子判断不出来。

虽说欢送会那天自己没什么事，但真美子打心眼里不想去。一天到晚在一起都大眼瞪小眼没话可说，到了酒桌上又有多少可聊的呢？而且最最让真美子感觉别扭的，是欢送会上话说多了，第二天见面时那种尴尬劲儿。不光是第二天，以后也会偶尔想起来，时不时地后悔一下。

欢送会的日子再过四天，是男友的生日。真美子想把给男友祝贺生日的时间提前四天，好和欢送会重叠。可是去参加和不去参加比较起来，显然不管怎么想都是后者更不自然。

最终，真美子决定这样想——自己应该很感谢藤仓，去参加是理所当然的，因为那个人至少在工作上帮过自己。

欢送会在斜对面的大厦里举行。

到小房间里来迎接藤仓的女职员们催促真美子也一起走。走廊里已经有十几个人在等仅有的两部电梯了。藤仓那群人先进了电梯，真美子和其余的人稍晚一点乘了另一部。

走出大楼，真美子和一位偶尔一起乘电梯的营业部女职员并肩走着，跟在藤仓她们后面，闲聊着只限于这个场合的轻松话题。她姓水户，比真美子小一岁，性格很开朗，即便话题令人厌倦，她也会咯咯笑个不停。她的笑声与附和里仿佛含有某种奇妙的吸引力，让人忍不住想说实话，想要更刺激的效果。无论对方说什么，她都像早有准备似的将谈话继续下去。真让人愉快。真美子好久没有这样的感觉了。

"其实，我不想参加的。"真美子说道。

不出所料，水户凑过来，皱着眉头问道："啊，真的吗？两个人一天到晚老是面对面，觉得不愉快吧？"

"我和藤仓不说话的。"

"啊？怎么回事呀？"

"就是吧，整天在一起工作，也几乎不说话。不是最近开始的，从一进公司就是这样。她根本不和我说话。"

"真的吗？她和我倒是挺爱说的呢。该不是你老绷着脸的关系吧？"

"应该不是。从第一次见面开始，我就觉得心里没底，或者说，互相了解对方的过程特别特别短暂，好像连判断的工夫都没有，就变成现在这样了……"

"我明白你说的。这就叫第一印象啊。一旦把这个人划到范围之外，就会半永久地把他当作范围之外的人来交往，不想进一步努力了。"

然后，水户聊起了和客户交往时认识的各种各样的人给她留下的第一印象。不管真美子有没有附和，走到餐馆的这段时间，谈话一直没有中断。

走进位于大厦三十二层的中餐馆的包间，只见三张长桌并在一起，藤仓坐在最里面，和坐在两边的女职员说笑。一看见真美子进来，其中一个女职员就使劲朝她挥手，喊着"哎，樋口小姐，这边，这边"，一边拍着椅子靠背。水户也推着真美子的后背，结果，真美子只好在和藤仓隔两个人的座位坐了下来。

好多瓶啤酒上桌后，担任司仪的年轻女职员站起来说：

22

"今天，感谢大家百忙之中前来参加欢送会。客户管理部的藤仓小姐将要离开公司，明天是最后一次上班。让我们怀着感谢的心情，对藤仓小姐道一声辛苦了。下面请部长祝酒。"

部长拿起啤酒杯，提议"大家干杯"之后，宴会就开始了。

真美子一直和坐在对面的水户还有旁边一位刚毕业的男职员说话，越说越起劲。她得知这位男职员和自己毕业于同一所大学，而且就住在横滨离自己的父母家不远的地方。共同点发现得越多，话题越是源源不断。三个人聊得热火朝天，连喘口气的工夫都没有。

虽然真美子也觉得应该敬藤仓一杯，可她是孕妇，只能喝乌龙茶。而且接连不断地有人来到她身边，跟她寒暄，说着"谢谢了"或者"辛苦了"，没个完。

杏仁豆腐上桌之后，藤仓开始发表感言，也没有对真美子表示一句半句，只是用比平时缓慢的语速感谢了公司的栽培，以及自己因怀孕而辞职非常抱歉等等。她在小房间里发布指令时的威严不见了踪影，只是低头致谢时，垂在两肩的鬈发依然如故。

真美子默默地拍着手。大家鼓掌的时间很长。她觉得手心都发痒了。

回家时真美子才发现，藤仓和自己住在同一个方向。

真美子知道藤仓上班时坐什么电车。因为刚来公司上班时，她曾经向藤仓请教过怎么买月票合算，就是那次很偶然地谈到的。

藤仓被好几个人簇拥着朝地铁站方向走去。水户在大厦出口磨磨蹭蹭的不走，说她感觉不太舒服，身子一歪靠在了刚才和真美子聊天的那个男孩子身上。其他男职员起着哄。真美子干脆把水户交给那个年轻人，迈着摇摇晃晃的步子追赶藤仓她们。前面那群人小跑着过了绿灯，真美子没来得及过去。

被留在中央隔离带上的真美子，回头等起水户他们来。

早上起床后，男友已经在厨房里做早餐吃的煎蛋了。真美子撩起刘海洗了脸，飞快地刷了牙。回到房间，男友早已坐在桌边，往烤面包上抹着人造奶油。

看着电视里的新闻，真美子说："今天，头儿是最后一天。"男友嗯了一声，很小心地把抹了奶油的面包递给她。

"昨天，开了欢送会。"

真美子深夜回来的时候，男友已经睡了。

"什么话也没说成。"

"跟那个人吗？"

"嗯，那个人，不爱说话。"

"一天到晚在一起，什么话也不说，换成是我的话，会疯掉的。"

"也不是一句话都不说。关于工作也说一点。但一天下来，回想一下，还是觉得跟什么也没说似的。就这么过了将近四个月，现在结束了。"

"彼此之间都没有想接近的欲望吧。"

男友往煎蛋上撒了些胡椒面，用叉子把蛋黄切开，叉起一片灵巧地放到面包上，送进嘴里。他重复了几遍这样的动作，吃完了烤面包。真美子想听下文，默默地等着他开口。

"真美子，再不走要迟到了。"

男友站起来去厨房泡咖啡，用余光瞅了一眼没完没了地往奶油上涂抹果酱的真美子，说道。

"明天开始，就我一个人了。"

"这回你可以放松了，不错啊。"传来男友的回答。

真美子不知怎的没了食欲，便起身又去刷了一次牙。

一来到公司，藤仓像往常一样把一杯绿茶放到电脑旁边，快速敲击键盘。

"早上好。"真美子问候道，藤仓也抬起头来说了同样的话。

"今天是最后一天上班吧？"真美子站在门口问道。

于是藤仓再次抬起头来，答道："是啊。"然后在像平时那样将视线转向电脑之前加了一句："谢谢你昨天能来。"

"哪里……"

"多跟你聊聊就好了。"

这句话的意思是指昨天晚上呢，还是指这几个月来呢？真美子搞不明白，只答了句"是啊"，却再也找不到恰如其分又自然而然的问题了。她脱去亚麻外套，挂在衣架上，坐到了自己桌前。

像往常一样，一到十二点，真美子就出去吃午餐，而藤仓提着装有便当盒的手袋，一点十五分出去吃饭。藤仓两点回来时，除了那个手袋，两只手各提了一个购物袋。真美子扫了一眼，心想估计是分发给大家的辞职谢礼，但手上并没有放慢输入桌上那些信封地址的速度。

由于交接工作已经结束，按说直到最后两个人也不会再说什么话了。

离下班还有一个小时的时候，一直忙着擦拭自己的桌子、给文件夹换标签的藤仓停下手，对真美子招呼道："樋口小姐，今天是我最后一天上班，咱们稍微休息一下好不好？"

真美子吃惊地抬起头来。藤仓仍然是一副没有表情的面孔，等着她回答。

"啊，好的。"真美子应道。藤仓马上从放在文件柜上的纸袋里拿出一个纸盒，撕破天蓝色包装纸，从里面拿出两小袋仙贝，轻轻晃了晃，递给真美子一袋。

"给你。"

"啊，谢谢……"

真美子接了过来。藤仓把手放在自己的茶壶上问道："想喝茶吗？"

"可是，我没有带杯子……"

"那边有纸杯，行吗？"

真美子要自己去拿，但藤仓已经快步走出了房间，回来后，往文件柜旁边的茶壶里放了些茶叶，将暖壶里的开水倒进去。这个平时总是被工地的噪音盖过的声音，今天听起来却似乎比任何金属声都真切。

"这套茶具是属于这个房间的。"

"是吗？"

"想喝茶的时候可以喝。"

藤仓用剪刀剪开仙贝袋，吃了起来。真美子也学着她剪开了袋子。藤仓先用嘴唇轻轻含住仙贝，使它湿润了之后才吃。真美子不知道有人会这么吃仙贝，也学着吃起来。咸味儿从她的嘴唇渗进嘴里，其中还掺杂了点口红的味道。

"对面那座新大楼的名字，你知道吗？"

藤仓一边吃，一边问真美子。

"不知道，叫什么名字？"

"我可不知道。我以为樋口小姐知道呢。你经常看它的呀。"

"藤仓小姐，孩子的名字起好了吗？"

"还没有呢。"

藤仓的回答没有给话题留下展开的缝隙，让真美子觉得自己可能问了不该问的，赶紧闭上嘴。

真美子将薄薄的仙贝放进嘴里，感受着咸咸的滋味扩散到整个嘴唇，呆呆地想着。

藤仓有把不是理所当然的事情说成理所当然的特点。自己也许是不喜欢她这种说话方式吧……不光是说话方式，或许连藤仓这个人也不喜欢。但自己对藤仓并不了解，所以谈不上不喜欢，也绝对谈不上喜欢……说不定被讨厌的倒是自己呢。这一点并不是今天才意识到的。

想到这儿，真美子真想把两个人现在的交谈都塞进房间里某个看不见的地方，比如那些纸箱里头，让它们像是从来不曾存在过。

"还早点儿。"

不知藤仓是怎么理解真美子的沉默，她眯起圆溜溜的眼睛，忽然笑起来。细密的牙齿露了出来。真美子觉得藤仓的样子就像在电视节目里看到过的非洲某种珍奇的猴子。她真的是在笑吗？

然后，两个人有一搭无一搭地谈起了对面大楼的进度及其对周围的影响，但并没有发表什么像样的个人见解，直到吃完小袋子里的仙贝。如同鱼缸里的鱼儿们嘴里吐出的泡泡那样，对话既没有节奏，也没有任何意义，有的只是互不协调的时机。

其实，真美子知道那座新大楼的名字。

下班时间一到，藤仓就说要去向总经理辞行，离开了房间。过了几十分钟，她被手里捧着百合花束的营销部的年轻人簇拥着回来了。欢送会时和真美子聊天的那个年轻男孩也在其中，还向真美子点了点头。

喧嚣的房间里，渐渐充满了百合花浓郁的香气。真美子走到藤仓身边接过文件柜的钥匙，发现她身上的衣物护理剂味儿也被百合花的香味盖过了，怎么使劲闻也没有闻到一丁点儿。欢送会时坐在藤仓身边的女职员们也来了，每个人都送给藤仓一个小礼物。藤仓打开了其中一个，奶油西点散发的洋酒味儿也立刻被花香掩盖了。

被花束和小礼盒包围着的藤仓，并不是这四个月来在自己旁边工作的那个不苟言笑、难以接近的女人，而是一个认真倾听着每个人的送别话语的温柔可亲的女人。就连她那煞风景的眼镜，也因为下面有了笑容变得可爱起来。

同事们说着"走的时候告诉我们一声啊"离开了，藤仓好一会儿没有说话，凝视着桌上那堆礼物，然后从手袋里掏出笔记本，在最后一页上写了点什么，撕下来递给真美子，对她说：

"有什么需要我帮忙的，请打这个电话。"真美子把这张薄薄的橘黄色纸条放到电话旁边，用镇纸压住。

一切都收拾完之后，藤仓穿上外套，说了声"我走了"。真美子站起来，跟在她后面走出房间。

真美子和其他职员一起送藤仓到电梯前。她满面笑容，从花束里伸出来的几枝百合遮住了她的头发和眼镜。

这个人和白色的花很搭，现在才发现这一点。真美子想。

真美子拉起了百叶窗，眺望着新大楼。

现在对面的大楼大概比我们这一座高了吧。透过灰色挡板的缝隙，能看见间隔相同的玻璃窗。窗户里面闪烁着光亮。那是安全帽上的照明灯发出的光，男人们还在干活。

真美子发现藤仓用过的椅子的靠背和自己的在角度上有细微的不同，椅垫也要硬一些。但坐在那把椅子上眺望对面的大楼，和从自己的椅子上看到的风景没有什么不同。

向下望去，看到了被苍白的射灯照亮的水泥地面。不久前散落在那里的钢筋已经收拾得干干净净了。

那些没有派上用场的硬铁块都送到哪儿去了呢？原本应该安装、焊接和固定到什么地方的铁块们。尽管它们有可能成为高楼大厦的一部分，担当起在几十年甚至几百年间吞吐人类的伟大使命，但现在恐怕只能躺在人们看不到的建筑工地的某个角落，等待搬运废弃物的卡车了。

真美子准备回家，走近衣帽架去穿外套时，发现并排的两个衣架少了一个。储物柜里也没有。原来那是私人物品哪，真美子想。

真美子一边穿外套，一边想找出此刻被夹在那束百合花和西点盒中间的衣架与眼前晃动的衣架的不同之处。然后，她仔细回想起藤仓曾经挂在这里的上衣的颜色，还有她穿的皮鞋、拿的手袋的样式来。

窗外的工地仍然不断发出噪音。每当真美子快要想起什么，那些噪音便在耳朵里轰鸣，只给她留下了这几个月来两人之间的沉默。

真美子放弃了这个念头，走出房间。

修鞋的男人

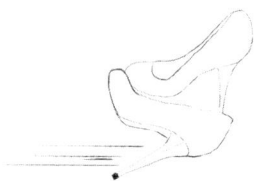

最初拿去他那儿修理的，是那双为参加姐姐婚礼买的，后来穿着上班的茶色皮鞋。

在去地铁的通道里，我把左脚崴了。拿起被甩在一边的左脚那只鞋一瞧，原来是鞋跟上的胶皮垫掉了。比小拇指的骨节还要结实的细铁芯露出了半厘米左右。

把它重新穿到脚上时，我想起地下广场最里头的阶梯旁边有一个修鞋铺，也配钥匙。修鞋铺店面狭小，被夹在茶叶店和药店之间，不怎么起眼。

鞋跟露出铁芯的皮鞋简直没办法走路，每当左脚着地，金属芯都会和水泥地摩擦，发出刺耳的声音。

"请给修理一下。"

在那个修鞋铺柜台前，我脱下那只鞋刚递出去，当班的店员马上说道："一千二百元。"把鞋交给那个男人，我才忽然意识到鞋里头还温乎乎的，觉得挺不好意思。正要掏钱包，男人已经转过身去，启动了身后的机器。那机器就像中学手工室里那种涂了厚厚一层鲜黄油漆的粗笨家伙。男人背朝着我，吱啦吱啦地切割着什么。

我将穿着长筒丝袜的左脚伸进为客人预备的驼色拖鞋，坐在医院候诊室里摆的那种圆椅子上。抬眼望去，广场那边的地下通道里人来人往。我心想，说不定会有公司里的人路过，就从杂志架上拿起一本杂志，低头看起来。

机器的响声停了，那个人好像转过身来。

"请把右脚的鞋也给我。"他一边揩拭着修好的那只鞋的鞋面，一边说道。

"右脚的吗？"

"比一下高低。"

我脱下鞋递给他，他把两只鞋摆在一起从侧面比较。和他刚擦完的那只比起来，右边这只鞋反射着正上方的灯光，显得灰蒙蒙的。我不记得最后一次用涂蜡海绵刷擦它是什么时候的事了。

男人又一次启动了机器。他把鞋倒扣在粗粗的拐子上，给鞋跟安上骰子形状的橡胶垫，用锤子敲了几下，然后用钳子样的工具剪去毛边，再上机器摆弄两下，最后用绿色擦鞋布三两下擦干净鞋面，摆在刚才修好的那只鞋旁边。每个动作都像魔术师变魔术那样干脆利落。

"修好了。"

穿上后，鞋里还是温乎乎的。

从男人手里接过找给我的八百元钱时，我注意到他的手掌遍布黑色斑点和细长的划痕。我道了声"谢谢"，站起身朝地铁站走去。

隔着办公桌旁边的文件柜，我看见惠美把脚崴了。她正抱着高高一摞资料，都快顶到下巴了。

惠美小声咒骂着，眼睛已经在往脚上瞧了。我探出身子，顺着惠美的视线看去，原来是鞋跟陷进了地毯下面的缝隙。又一个倒霉蛋。惠美把小巧玲珑的右脚从动弹不得的鞋里嗖地抽出来。

这层写字间的地面是五十厘米见方的拼接地毯铺出来的。一不留神走到接合处，高跟鞋尖尖的后跟就有可能陷进细细的接缝。于是乎，就像惠美刚才那样，身子动弹不得，必须先抽出脚，再蹲下身把鞋拔出来。

不久前，我就是在这么拔鞋的时候把地毯掀起来了。下面只有刻印着罗马字和英文字母的银色薄板复杂地拼接在一起，它们纵横交错，偶尔制造出缝隙。

"没事吧？"我问惠美。惠美背靠着墙，一边咔咔地在地上踩，试着鞋前掌，感觉着穿鞋时脚后跟的舒适度。

"真是的……"惠美说着，猛然伸直了小腿，"那块地方净是接缝，能不能想个什么法子啊。"

"是啊。也只能贴上胶带试试了。"

"这鞋可是我刚买的呀。"

惠美想瞧瞧鞋跟怎么样，把腿弯成 L 形，脸朝后扭了一百八十度。

"你看这鞋还能穿吗？"

我一看，包着皮子的八厘米细高跟，就像小孩子碰破了皮似的，咧着一道口子，露出了里面的白塑料。

"完了。真倒霉！"

我想起昨天在地下通道掉了胶皮垫的那双鞋，说不定也是在这个地板上多次陷进去才坏掉的。每次都这么使劲拔出来，难怪磨损得那么快。

"昨天，我的鞋跟也坏了。"

惠美的黑皮鞋带点绿色，鞋头呈弧形，脚背正中系着一条深绿色的缎带。

"去修鞋铺修好了，就在地下通道靠楼梯那儿。你知道那儿吗？那个人手艺很棒，还特别快。你瞧。"

我站起来，摆出和惠美一样的姿势，给她看我的鞋跟。惠美瞅了一眼，"嘿"了一声，又低下头继续查看自己的鞋跟。

"你也去修修看？这点毛病，马上就能修好。"

惠美答应了一声，低头盯着地毯瞧。光是这块地方，就能发现好几个被同样的鞋跟戳出来的窟窿，边上翻着参差不齐的线头。

惠美走了以后，我拿来胶带，撕成一段一段的，把大一点的窟窿都给糊上了。还想在上面写上"危险"，可是圆珠笔和碳素笔在胶带上都打滑，写不上去，根本看不清写的是什么字。

"我去修鞋了。"

第二天，惠美特意到桌前来告诉我，脸上带着窃笑。

"万梨子，你是不是喜欢那种类型的男人哪？"

"什么呀？"

"那个修鞋的人哪。一看见他，我就明白了。我感觉这个人很对你的胃口。"

"那个修鞋的？他长什么样子我都不记得。没怎么仔细看，光惦记着修鞋了。他长得怎么样？"

"哟，还挺会装的。依我看，算是最新型的变形版帅男吧。"

惠美描绘起男人的特征：个子不高。偏瘦。额头很宽。头发蓬乱，像是睡出来的。眯眯眼。淡淡的胡须。脸颊消瘦。手脏兮兮的……也不知道她盯着人家看了多久。我想在脑中将这些元素一个个组合到一起，可是仍然浮现不出那个男人清晰的模样。

"你说我喜欢那种男人？"

"说不好，不过我忽然发觉，你似乎喜欢那样的男人。"

"这么说，下次我得仔细瞧瞧他了。对了，他是不是挺和善的？"

"要说和善嘛，"惠美将右嘴角往上一翘，捋了捋掉下来的额发，"那还不是应该的吗？他是干这个的呀。你帮我看看修好了没有？"

她背过身去，弯起小腿让我看鞋跟。昨天咧开的口子已经修复得看不出来，衬得惠美那有着弧线优美的小腿肚的纤纤玉腿更美了。昨天她的鞋尖有一小块皮子磨得褪了色，如今已经不见踪影，多半是那个人很仔细地擦过了。

"修好了，不错。"

惠美听了，说了句"是吧"，然后心满意足地回自己的座位去了。

这天下班回家的时候，我特意从通到地铁的地下道横穿广场，好经过那个修鞋铺前面。

因为我想去看看惠美所说的我喜欢的那个类型的男人。去看据说自己喜欢的男人是什么模样，已经不会令我心慌意乱了。了解自己不知道却与自己有关的事情是我的弱项。不过，那个人的黑影一整天都在我的脑袋里挥之不去，而且那黑色越来越浓重了。

走到正在举办关东水利资源模型展的广场中央，我看见了修鞋铺的绿色屋檐和那个男人的背影。旁边药店的货架比修鞋铺突出一些。另一边的茶叶店里，戴着红色三角巾的中年女人正百无聊赖地掸着茶叶罐上的灰尘。

修鞋铺的圆椅子上坐着一个穿短裙的年轻女子。她正看的多半是杂志架上沉甸甸的厚杂志吧。男人背朝我这边，面前那台黄机器发出单调的响声，听起来像广场上播放的通俗乐队演奏的破鼓声那样刺耳。

在不至于被误当成顾客的距离，我停住了脚步，望着男人的背影。正如惠美所说，他个头不高，身形纤细，仿佛被什么不可抗拒的外力从侧面挤压过一般。从背后看的话，简直像个打杂的孩子。也许不是那个人吧，我想。在印象中，那个人肯定没有这么瘦。上次我只看见了鞋、杂志和他的脏手，其余地方也许是尽可能视而不见吧，虽说不看别人并不等于不被别人看。

这时，男人完成了机器作业，回过身来，和我四目相对。没错，现在我脚上这双鞋子就是他给修理的。但要是他摘掉围裙，刮了胡子，换上一身和修鞋无关的衣着，我绝对认不出他来吧。

那个人好像扫了一眼我脚上的皮鞋，我慌忙转身九十度，走上通往地面的楼梯。虽然没来得及一一确认惠美的描述，但至少可以确定，这个人的长相并非我喜欢的类型。

外面正下着雨。我快步朝地铁站走去，雨渗进了丝袜。

下雨天去那个修鞋铺的客人的鞋底，想必也是这样湿漉漉的吧。

来拿打印纸的惠美凑到我耳边说："万梨子，下周有好事吧。"

"什么呀？"

其实，我是明知故问。她说的是下周五我和诸井君吃饭的事。

惠美嘿嘿地怪笑。"诸井君那么喜欢你，你也别对人家太冷淡了哦。"

"我越来越不想去了。"

"怎么了？为什么呀？诸井君多绅士，多有魅力呀。"

"昨天，我去看了。"

"啊？看什么？诸井君吗？"

"修鞋的人。"

"啊，怎么样？你是不是喜欢那种感觉的人？"

"一点儿也不。你怎么会这么想？"

"绝对喜欢。反正我这么感觉。当然诸井君也不错啦，只不过，怎么说呢，他开朗、温和又能干，有点太完美了吧。我觉得你可能喜欢那种不那么完美的男人。"

“不完美的男人？还是完美的好啊。”

“这么说，决定去赴约了，跟诸井君？”

斜前方坐的负责营销的男同事皱起了眉头。四点之前，他要完成两份估价表，还要核查并补足报表上残缺的数据。“对不起。”我小声道歉。惠美也意识到了，朝他低了低头。

“回头再聊吧。”

说完，惠美迈着没什么反省意味的步子，踩着地板正中央走了。

接到已经辞职的原营业部二把手诸井君“一起吃饭”的邀请，是上个月的事了。

由于业务范围不同，我一次也没有给他当过助手，只是在公司聚餐的时候见面。他是个三十出头、特别爱说话的男人，既喜欢工作，也喜欢在餐桌上逗大家笑个不停，还喜欢每次聚餐后回家的时候跟我套近乎。即使吃饭时一句话也没跟我说，一旦聚餐结束，总是特意走到我身边，跟我一起走到车站。

他总是不住嘴地夸赞我的工作能力，或者耍贫嘴逗我乐。虽然爱说话，他却从来不问我的联络方式、年龄、有没有男朋友等，只是不断发出“下次一起吃饭”的邀请。我估摸着他对别人可能也是这样，况且问他什么时候去吃饭似乎又不大对劲，于是，我每次都笑着回答“好啊”。总之，除了这种时候，一次也没有接到他的邀请。

上个月在他的欢送会上，当他接受了献花、发表最后感言的时候，一位年轻职员竟然哭了出来，真让人大跌眼镜。又不是小学生了，居然还哭。我不清楚诸井君平时的工作情况，但从没听到过对他的恶评。他人际关系很不错，业绩也相当好，所以经常被有业务关系的公司看上，请他加盟。我对他的了解只有这么多。

欢送会结束后，我又参加了二次聚会。结束后准备回家时，诸井君依然特意来到我身边，连珠炮似的说出"多谢以往的关照啦""对我帮助很大啊"之类毫无真情实感的套话。

以后应该不会再见到此人了吧？我会因此感到寂寞吗？我正茫然地想着心事，第一次听见他问起我的电话号码。旁边一起往地铁站走的人都在起哄，我脸上虽然还浮着笑容，心里却恨起了他。

几天后，他给我发来了短信，提议吃饭的具体日期和地点。是一家与地铁站方向相反的法式餐馆。说实话，我并非特别想去。我已经到了与天真烂漫无缘的年龄。无论是在安静优雅的西餐店里和不大了解的男人对坐，还是拿着长柄刀叉把盘子里的鱼肉切碎，或者是往即将撑破的胃里装填餐后甜点，我都没什么心情。

不过，最近一段时间，晚上一直都闲得没事干。不去赴约的后悔比餐桌上的尴尬更清晰地浮现在脑海里，于是，我回复了短信:"好的。"

我凝视着信息已发出的信号,直到手机屏幕又恢复去年旅行时去的最上川的照片,暗淡的画面上映出了我的脸。

周末,我用刚刚存进去的奖金买了新衣服。买的是带褶皱的茶色裙子、淡驼色的薄羊绒衫,还有小牛皮小手袋。银色取款机的出币口攥着好几张似乎能划破手指的新纸币。这么干净的纸币,装进钱包还没到一个小时就被花掉了。

朝地铁站走去的时候,我感觉戴着隐形眼镜的眼睛直发干,这才发现把眼药水忘在家里了。我琢磨着附近有没有药店,忽然想起那个修鞋铺旁边有一家。

大概因为是假日,广场上人很多。修鞋铺的两把圆椅子上都坐着人,还有人站着等。我以为周末会换别的人当班,但在里面干活的还是上次那个人。

就在我一个劲地眨眼睛,想挤出眼泪来的时候,柜台上放着的一双金色凉鞋映入了眼帘。我盯着一个地方,不停地眨巴着眼睛,恨不得在眨眼的时候能把另外一个世界给夹带进来,哪怕一次也好。比方说,那个男人用手里拿着的锤子,把眼前这双昂贵的凉鞋砸个稀巴烂的世界。

我在药店里买了眼药水,一走出店门,就赶紧往两只眼睛里各滴了两滴,于是视野渐渐清晰起来。我看见隔壁修鞋铺柜台上的凉鞋已经不见了，客人也只剩下一位。那是位中年女子，穿着一眼就能看出是新买的雪白运动鞋，手里拎着一个纸袋。另一只手里既没有杂志也没有手机，只是把脑袋微微靠在墙上，一脸倦容。

男人在机器前面弯着腰，但没有听到声响，说明没有开动机器。这时他忽然回过头来，我赶紧退到药店突出的货架后面。

我看见刚才一直在打盹的中年女人似乎对修好的鞋不满意，站起来对男人嚷嚷什么。瞧着她那厉害劲儿，我不由得想起昨天自己被客户训斥了快一个小时，手颤抖着赔不是的情景。对方怒气冲冲地说"由于你们的原因，没能按时交货""估价和前任不一样"等等。负责那家公司的销售正巧外出了，我只好一个劲地给人家道歉："实在是抱歉啊。""真是太不应该了。""您的心情我非常理解。"我渐渐地没什么新词了，声音也变小了，却还在不停地搜寻没用过的道歉的话语。

而那位修鞋工没有一丝道歉的意思，也不打算安慰一下对方，只是一动不动地站着。他那张很难给人留下印象的脸上没有表情。

训斥了差不多五分钟，那个中年女人大概是出气了，最后大喊了一声什么，朝地铁站方向跑去。男人怔怔地站了片刻，忽然像上了发条似的收拾起柜台上的东西来。他卸下最边上的板子，走到广场这一侧。我以为他要干什么，原来是去收拾陈列架上的鞋油和鞋垫。我一看表，早已过了八点的关门时间。

很久以来，我一直认为自己是比较勇敢的。上中学的时候，就能一个人去电影院看电影，去咖啡屋喝咖啡。还能独自去外国，和素不相识的人也能混熟。只是，当自己这样独来独往的时候，常常会忽然陷入一种动弹不得，或者根本不想动弹的心境。每当这种时候，我都想去搏斗，想去和那个使自己不能动弹的东西搏斗。那个东西，有时是偶然听到擦肩而过的人说的一句话，有时是节假日里看到的夕阳，有时仅仅是电话机。

那个男人在和什么搏斗呢？

那个在狭窄的区域里，每天修理着带有别人体温的鞋子，或给别人配钥匙的男人。那个现在从修鞋铺里走出来，目不斜视地收拾店头的男人。

我们大概是同一类人吧。有时我感觉口渴，走进咖啡店要了杯咖啡，然后抬起头一瞧，除了自己以外，四周的顾客都是两个人结伴的。有时被邀请到朋友家做客，正翻看着影集，忽然头晕目眩起来。他有过这样的经历吗？我漫无边际地遐想。

我一回到家，马上打开纸袋，穿上新衣站在镜子前照起来，却怎么看都不顺眼。就打扮成这个模样去跟诸井君吃饭吗？

我把堆在墙角的包装纸展平，铺在镜子前面，然后去了玄关。打开对开的鞋柜门，一股除臭粉味儿扑鼻而来。

鞋柜里面摆放着各式各样的深色鞋子。我拿出一双鞋面镶有不仔细看就看不出来的小花的皮鞋，回到房间里，放在镜子前面的包装纸上。穿上它，拎起那个小牛皮手袋。这回感觉还不坏。

对着镜子前后左右看了一圈，我把鞋脱了下来。原本淡蓝色的鞋垫几乎已经褪成了肉色。我把鞋拿起来对着光亮看了看，鞋跟有破口，鞋头也有好几处磨得发白了。唯独那些小花装饰一点都没有脏，反倒显得寒碜。

拿去修修得了。那个修鞋铺马上就能给我修好吧。

这回我想大大方方地再瞧瞧那个男人的长相。今天也看了他老半天，可是记忆中那张脸已经模糊了。

我把装着三双鞋的进口食品店纸袋藏在桌子底下。

偶尔想舒服一下，一伸腿，鞋尖就碰到那个纸袋，哗啦哗啦的纸声听起来远在打印机和电话铃的声音之下。本来打算修一双鞋，可是反正要去一趟，就加上了两双去年一直想打理的鞋。塞了三双鞋的纸袋支支棱棱的，很不好拿。

八点之前结束了加班，一走出写字间，就看见了正在等电梯的小野君。

"小木曾前辈，你拿的是什么呀？"

"这个吗？"

"真行啊。鼓鼓囊囊的。"

"里面装的是鞋。拿去修一下。"

"哦，是吗？"

"地下广场最里面有个修鞋铺，你知道吗？技术很不错的。"

"嘿，那我也让他给擦擦吧。脏死了，我这双鞋。"

他低头瞅着自己的皮鞋。是那种常见的系带皮鞋。

"一起去吧？不过，我不知道他擦不擦鞋。"

"啊，好的。那就顺便带我去一下吧。"

小野君好像是和惠美同期进公司的，我心想。现在比我小两岁的后辈们谁和谁是一期的，我越来越搞不清楚了。

我们一边走一边东拉西扯。小野君说他比惠美晚三年进的公司。你们团队最近在做什么项目？哪家店的午餐好吃？短短的时间里，他这个那个地问了不少问题。我感觉他和女人打交道挺在行的。我告诉他经常和惠美一起去的那家咖啡店不错。他立刻说："明天中午，我早早就去。"

今天也是那个人当班。他茫然地凝视着广场的地面，两只细胳膊垂在系着藏蓝色围裙的身体两侧。昨天我脑子里越来越模糊的那张脸的细节，仿佛又倒带般回到应有的位置上，变成了活生生的人脸。

"就是那家店。"

"哟，没事吧，那个人。好像在发呆呢。"

"嗯。现在没有客人的关系吧。"

也许是我们踏进了他的视野，他忽然抬起头来，像投入了百元硬币的机器人一样说道："欢迎光临。"

"我想修三双鞋，这双鞋垫脏了……这双鞋跟也……"

我一边从纸袋里往外拿鞋，一边担心被旁边的年轻同事看见脏兮兮的鞋子。幸好小野君正在专心地瞧墙上挂的配钥匙的样品，都是些带有丘比特小人啦、企鹅啦、向日葵钥匙链啦的钥匙。既然是样品，所以不管是箱子还是门，肯定都打不开。

"这样的能修吗？"

三双旧皮鞋躺在柜台上，虽然我有心把它们干脆都扔了，嘴上却很随意地问他。他从靠近自己的那双开始，依次拿起来端详一下再放回原处。看完最后一双，他说道："可以修。后天下午来取。"

"后天？"

"是的。"

上次修鞋跟只用了不足五分钟，所以我觉得换个鞋垫就更不用说了。和诸井君吃饭是后天晚上。可那天中午要和上司一起去见客户，没时间来取，又不好拜托惠美或小野君。

"明天不行吗？晚一点也没关系。"

"明天休息。今天该关门了。"

我一看表，正好八点。

我压根想不到修鞋铺也休息。就像车站和麦当劳从来不会休息一样，我觉得这个修鞋铺也应该每天都在这儿修鞋、配钥匙。没有顾客的时候，他就对着广场的地面发呆。反正他就一个人，也没什么事情可干。

　　我直视着这个男人的脸。

　　最新型的变形版。我想起了惠美的形容。惠美怎么会这么想呢？她和这个人根本没有什么交往啊。我也只能鹦鹉学舌般用惠美的形容词来描述这个人了，因为像温柔啦，可怕啦，或者神经质、懦弱、温厚、刚健等等，似乎都不适用于他。

　　"好吧。拜托了。"

　　就像面对亲戚们走后乱七八糟的玄关一样，我实在懒得把歪歪斜斜躺在柜台上的三双鞋再装进纸袋拿回家去。男人从收款机下面拿出一张收据，让我填写姓名和电话号码。他递给我的圆珠笔是蓝色的。

　　"小木曾前辈，字写得真好。"

　　我填写的时候，小野君在旁边夸道。

　　写完电话号码的最后一个数字，我把这张薄得透明的纸片递给了他。

　　"哎，小木曾前辈，"小野君说，"我刚才说你的字写得好看呢。"

　　"我练过字。"

"我一猜就是。我也练过字就好了。我特别崇拜字写得好的人。"

被人夸赞字写得好并不是第一次。比起一般的人来，我也许是写得好看一些。

小时候我就很引以为荣。父母、祖父母、老师都夸赞我的字不像孩子写的，很成熟。可是，字写得好又怎么样呢？字好看既不等于心地善良，也不等于身材优美。我写的漂亮字并没能说明我什么，只说明了小时候是这么学习的，所以现在也只能写成这个样子。

理所当然的事情被人夸赞，就仿佛被人勉强发掘优点似的，叫人心情郁闷。希望听到别人赞美的地方应该不是这些。

我从男人脏兮兮的手里接过找的钱和收据。小木曾万梨子。由于是六个字，横着写的话，不太容易写得好看。"万"字那一横，写得再短一点就好了。他写在收据上的今天和后天的日期，就像小象形字似的犬牙交错。非常怪异的字。

"后天下午一点以后可以来取。"

"好的。拜托了。"

临走时，我又仔细地看了男人一眼。男人像是拒绝我的视线似的，看着暂时属于他的三双鞋。

小野君站在和修鞋铺有段距离的地方，望着广场。我叫了他一声，微笑着说道："抱歉，走吧。"刚走了两步，小野君回头瞅了一眼，小声问："你不害怕吗？刚才那个人。"

"那个人？"

"他眼睛里就像燃烧着暗火。"

"燃烧着暗火……"

"我的意思是说，那种人，说不定什么时候会干出什么事来。"

"我没觉得啊。是个挺普通的人呀。"

"反正是我不怎么喜欢的类型。"

我本想反驳两句什么，又担心会说出辩解般的话来，就没有作声。我想起刚才忘了问他擦鞋的事。不过，小野君恐怕不会让那样的人给他擦皮鞋了。

我们穿过广场，原路返回地下通道，在地铁检票口分了手。小野君坐私铁，还要走几步才到检票口。

我一个人走上通向站台的阶梯。随着电车进站的声音，冷风嗖嗖地打在脸颊上，我裹紧了围巾。忽然想起来，后天穿什么鞋去吃饭呢？

百货商场的鞋子卖场里空荡荡的，没几个顾客。

一个身材高挑的女子一只手拿着手机，在我身后那排鞋架前来来回回地走。还有一个穿着过膝长筒靴的女子，不厌其烦地一双接一双把鞋拿起来看。除此之外，就是我了。店员们在远处擦鞋或搬运包装盒。

我在整整齐齐陈列着几百双鞋的卖场里转了一圈。头顶的小型枝状吊灯发出温暖柔和的光。在它的照耀下，无论多么俗不可耐的鞋也显得像是某人的珍贵收藏品一般。遍布四处的穿衣镜前都铺着一块包金边的玫瑰色地毯。我光顾着看鞋，一不留神就踩到那毛茸茸的地毯上面。每次我都赶紧抬起鞋后跟，因为这感觉和陷入公司的地毯接缝相似极了。

到底买哪双鞋好呢？我再次返回与箱包卖场相邻的那排鞋架前，开始一双鞋一双鞋地仔细看起来，同时在心里打着圆圈和叉子。鞋头太尖了，蝴蝶结太夸张了，金银亮丝装饰太俗气了，鞋跟太细了，鞋跟太矮了，鞋跟太高了……结果没有一双满意的。店里播放的古典乐曲音量变小了，换成了通知九点关门的乐曲。我抬眼一瞧，高个女子和长筒靴女子都不见了。店员们都直直地背靠大柱子站着，双手叠放在腹部。大概是各有各的位置，每根柱子前面都站一个人。

我正打算朝扶梯走去，忽然注意到一个不起眼的低矮鞋架上的一双鞋。那是一双单调朴素的黑色皮鞋，既没有装饰，也没有系带。拿起来一看，薄毡子样的手感，应该是冬天穿的鞋，我下了判断。因光线的明暗不同，还可以看成灰色或绿色，真是奇妙的颜色。

音乐还没有要停止的迹象。我向站在最近的柱子前的店员招呼一声，把我的尺码告诉了她。

"我又去了一次。"

在公司的洗手间刷牙的时候，惠美说道，说完呸地往洗手池里吐了一口牙膏沫。

"啊，去哪儿了？"

"那个修鞋的地方。"

她说完又把牙刷塞进嘴里，然后让人觉得没必要那么快地使劲刷起牙来。我曾经提醒过她不要这么使劲刷牙，可她说，从小就这么刷，改不了。

"怎么，你的鞋又陷进去了？"

"没有，这回不是修鞋，是配钥匙。"

"哦，配钥匙了？"

"男友前几天把钥匙丢了。顺便也研究一下那个人。"

"研究？"

惠美使劲吐出一大口水，自信满满地说："那个修鞋的人，还真是与众不同呢，根本不看别人的眼睛。瞧他那样子，可不像是自愿干这种服务业的人。"

"那种工作不算是服务业吧。"

"那算是什么呀？"

"应该算是……技术工人，或者手艺人吧。"

"就是那种……工匠吗？"

惠美好像很有兴趣。

我没有告诉惠美后来又见过他两次。虽然惠美说什么研究，但那个人恐怕是像惠美这样的女孩子永远也理解不了的。

"我是不是应该再去修一次鞋呢。"

扑了粉底、描了口红之后，惠美笑着说了声"回头见"，就出了洗手间。我满以为她会对我这身打扮发表点看法，可她似乎把我今天和诸井君吃饭的事忘得一干二净了。

最终我也没能下决心穿一身新衣服，只穿了新毛衣和新鞋。我也知道从头到脚都穿新的太那个了，可又觉得不那样穿不太合适。薄毛衣选的是鲜亮的淡驼色，售货员说这个颜色显得脸色好看。不过，我又担心颜色会不会太亮丽了些。就这样，惠美走后，我独自一人站在镜子前面思来想去。

这么说惠美去配了把钥匙。配钥匙不知要用多长时间？他用的是哪台机器呢？我一直搞不懂为什么那种铺子总是把修鞋和配钥匙搭配在一起。还有，那个人修鞋和配钥匙，哪个技术更好呢……我站在宽宽的镜子前，一边担心毛衣的颜色和毫无新意的妆容，一边琢磨着那个人。把将要赴约去和男人吃饭的自己，与在同一时间里修理别人的鞋的男人，放在镜子前面比较一下也不坏。虽然觉得这样胡思乱想有点无聊，但是，连这种不好意思的感觉也不坏。

穿着刚买的新鞋，生硬的皮革摩擦着脚后跟的皮肤，每走一步都疼得慌。我担心脚后跟马上就会渗出血来。

诸井君笔直地站在约定见面的地方。他身穿十分服帖的西服套装，看着很帅气。我朝他点了点头，他马上像小学生回答问题似的呈四十五度角举起手，招呼我："小木曾小姐。"周围的人都吓了一跳。

我们并肩走着。我发觉自己在很自然地微笑。尽管新鞋磨得脚隐隐作痛，想早点回家，但如果把这页心情稍稍掀开一角，它好像立刻就会脱落下来飘到什么地方去似的。

一个月没见面了，我们一边走，一边聊着公司的人事变动、办公桌的调换等等。诸井君给我讲述着新公司的工作环境和在那里遇到的有趣的人。这个话题刚刚告一段落，他便谈起要去的餐厅。我说几乎没有进过像样的法国菜馆，诸井君用辩解似的口吻答道："咱们现在去的这家餐馆不是特别讲究的地方，像我这样的人去也没关系的。"

"惠美让我下次也带她来。那个，惠美是我的后辈，也是助手。"

"嘿，惠美？像我这样的大叔也可以吗？"

"诸井君要是大叔的话，我就是大妈啦。"

"小木曾小姐你吗？怎么这么说呀。"

其实我们俩的年纪应该差不了五岁，诸井君却比我显得成熟老练得多。竟然和这么一个穿着笔挺西装的男人一起去吃饭，我真想将这件事告诉学生时代的自己。我曾经和一个当了工薪族的大学时代的同学交往过，可是总感觉在跟穿着西服的大学生交朋友，这种感觉一直持续到分手。

不知是诸井君特意配合我，还是出于偶然，我们两个人从凉菜到甜点，点的都是一模一样的东西。奶汁烤海胆、土豆浓汤、烤鲈鱼、洋梨烤甜点、咖啡。吃饭的时候，我们轻松惬意地聊着无关紧要的事情，不时发出愉快的笑声，一旦只能听到其他餐桌的刀叉声了，便开始下一个话题。

诸井君在我说话的时候，什么也不往嘴里送，所以上来的菜都是我先吃完。他能一点声音也不出地喝汤或切鱼。

"诸井君，真会吃啊。"

"是吗？第一次听别人这么说。"

"我到现在还用不好刀叉呢。不用筷子吃饭，就觉得别扭……"

"我也最喜欢用筷子呀。只是经常要和客户吃饭，所以刚进公司的时候专门练习了一段时间。但今天第一次听到表扬。谢谢。"

虽说从一见面诸井君就显得很愉快，但此刻却是真正愉快的表情。我很庆幸自己这么说。

吃完餐后甜点，他提出想跟我交往。我回答："好的。"

这就是说，以后要逐渐去了解这个人了。这种舒服的绝望感与残留在舌头上的咖啡的苦涩一起麻醉了我的大脑。

修鞋的事暂时被我忘却了。

包括打算穿着去和诸井君吃饭的鞋在内，三双鞋还一直放在那个修鞋铺里。每当写字间里又有人把鞋跟陷进地毯缝隙，我就会想起它们来，可是到下班回家的时候早已忘在了脑后。即便没有忘，也懒得特意去取它们，而是直接坐车回家。

每个星期，我都和诸井君在公司附近的餐馆吃一次饭。

周五他们公司里经常有会餐，所以我们总是周四见面。虽然不再去吃法国菜了，但每到周四，我还是会比其他日子提早三十分钟起床，精心装扮一番。

诸井君常常在晚上打来电话，商量周末一起去哪儿玩。比如去大公园散步或者去百货商场购物、去海边观景等等，都是以前我自己一个人去的地方。现在再也不用一个人去了，这让我感到快意。我不用再去数那些地方有多少人是独自转悠了。周日我一般会留在他的住处过夜，周一早晨直接去上班。

所以，我把修鞋的事给忘了。

我站起来打算去拿打印的材料，没走两步，右脚就被绊住，差点儿栽倒。好久没有陷进缝隙了，这回陷得很深。我蹲下把鞋跟拔出来一看，果然，鞋跟的胶皮垫眼看就要脱落了。这就是第一次和诸井君去吃饭时穿的那双鞋。

"又陷进去了。"

傍晚，在走廊里碰见惠美，伸出脚给她看我的鞋跟，她一脸疲惫地说："哟，那你得去他那儿了。"然后轻轻揉着眉间，说："眼睛疼死了。"她的眼圈少见地发黑，显得那凹凸不平的脸庞愈加骨感了。

"你是说修鞋铺？"

"是的。"

"想和我一起去吗？"

"没心情。"惠美放下手，眨巴了两三下眼睛。

"不想研究他了？"

"刚刚才想起他来。后来我从他的铺子附近走过好几回，可是他老在那儿修鞋，接待顾客。除此之外，就没什么新鲜的了。"

还没等我回答"这样啊"，惠美忽然想起来什么，说道："我一直想跟你说呢，修鞋铺旁边那家茶叶店里有个超可爱的男孩子。好像是高中生，特别天真烂漫，我专门去那儿品尝了好几回呢。回家的时候，你顺便去瞧瞧吧。"

惠美说完就走了。

没什么新鲜的了。那个被这么一句话就给打发了的男人，让人觉得可悲。要是前些日子的话，就是说，如果是在和诸井君交往以前，我或许会觉得这句话还顺耳吧。我一直认为，有些东西是只有被人判断"没什么"的人才能明白，才能看到的。我愿意相信不明白这些的人才是可悲的。

我决定下班后去那个修鞋铺看看。

那三双鞋也该取了，不然说不定会被送到什么地方去。

那是个星期三。

离开公司之前，我看了一下手机，诸井君来了个短信，告知明天要去吃饭的餐馆名字和地址，说晚上再给我电话。我一边回复，一边想着明天穿什么去。感觉紧张的神经一下子松弛下来，而这块松弛了的地方忽而鼓起忽而凹陷，一刻不停地起伏着。虽然让人觉得静不下来，但绝不是那种不快感。这是每当接到他的联络时都会出现的心理变化。这种情况今后会持续多久呢？

广场上，有一个周一开始摆摊的旧书和旧音像制品集市，穿过那里时，鼻子底下闻到的是纸味儿、墨水味儿和防虫剂的混合气味。

修鞋铺前，一个穿西服的胖男人坐在圆椅子上，正在打手机。他过于肥硕，椅子腿几乎看不见了。机器噪音太响，听不清他在说什么。修鞋铺的那个男人弓着腰，正在操作机器，不大工夫便回过身来，将一把银色的小钥匙放在柜台上。

男顾客一边打电话，一边灵巧地付了钱。修鞋的人要把钥匙装进一个小纸袋，男顾客摆了摆左手，意思是不用了。

男顾客急急忙忙走了以后，就剩下我一个客人。那个人没有像以前那样说"欢迎光临"，而是问道："有事吗？"

"我来取修好的鞋。很多天以前送来修的。"

在等他去找鞋的工夫，手指间夹着的收据被我折了好几道印。上面写的取鞋日期是近两个月以前，上面的字已经磨得看不清了。

男人转过身，卷起最里面的收纳架的帘子。好多纸袋子排放在上面。我那个进口食品店的纸袋放在最里边。纸袋的褶皱比我记忆中要少，提手也直直地挺立着。

"是三双鞋吧？"

"是的。"

男人毫不犹豫地把手伸进纸袋，拿出三双鞋，眨眼间便将它们并排放在柜台上，鞋尖朝我。动作就像魔术师那样敏捷。

"修理鞋垫和更换鞋跟胶皮垫。请确认一下。"

我一只一只把鞋拿起来看了看，活儿干得果然非常精细，不留痕迹，根本看不出修过的地方。

"挺好的。还有，我现在穿的这只鞋也请修理一下。"

还没有说完，我就把鞋脱下来放到了柜台上。

"这边也快掉了。顺便也修修吧。"

我指着右边的鞋说道。

"好的。"男人转过身去。机器立刻响起来。在穿拖鞋之前，我看了看自己长筒袜里的脚尖。虽说没有涂指甲油，但是修剪得很漂亮，免得指甲太长。

我感觉手机在振动，拿出来一看，是诸井君发来信息——"明天见。"我穿上拖鞋，坐在圆椅子上简短地回复了，然后仰起脸，等待那种每次接到他的联络都会袭来的心理变化逐渐消失。

机器声忽然停了。男人用铁锤敲打鞋跟，剪去多余的胶皮，再放到机器上钉几下，最后用绿擦鞋布噌噌两下擦干净。另一只也是完全一样的程序。最后，他将两只鞋再次鞋尖朝外摆放在柜台上，说："请确认一下。"我站起来，隔着柜台和这个人面对面。

他的脸和以前看到的一样，不修边幅的头发，多日不刮的胡须。无论是身上的汗衫还是旧围裙都没有丝毫变化。狭窄的店里的黄色机器，柜台最边上堆放的各色鞋垫，固定在墙上的挂钥匙样品的刨花板，摆在左侧的擦鞋用的鞋油和刷子、海绵的陈列也一无改变，改变的只有放在杂志架上的杂志。

我移回视线，和柜台里面的男人第一次四目相对。他正在注视我。

在他的注视下，我感觉自己整个人犹如杂志架上的杂志一般被更新了。在这一瞬间，诸井君的短信、明天的约会、年底的旅行等等，一切都离我远去。从得到这些很久以前开始，无论在哪里都是独自一人凝视和触摸的什么东西，已被我轻易放弃了，我感到羞愧难当。眼前这个男人让我仰视。

我把放在柜台上的鞋翻过来，看着覆盖了胶皮垫的焕然一新的鞋跟，祈祷般地赞叹道："修得真好啊。"

我抬起眼睛，男人脸上没有现出任何我期待的表情。两只离得稍远的眼睛已经转向了广场尽头。

"一千二百元。"

男人说着，从收款台上拿来收银盘，放在柜台上。

一个女孩子从旁边递给他一串带心形钥匙链的钥匙，说："我想配一把钥匙。"男人用脏手接过来，把样品递给她，请她坐在椅子上，然后转过身，摁下机器最边上的一个橘黄色按钮。

我左手拿着的手机刚才一直在振动。

机器发出刺耳的噪音启动了，男人弯下腰去。仿佛只有这个响声他听见了，其他任何人的声音都听不见了似的。

自己的女儿

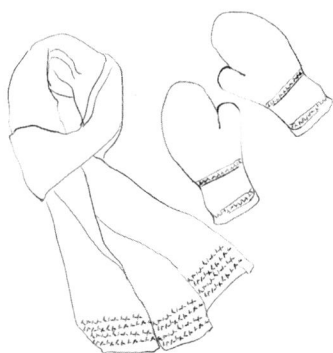

不知从什么时候开始，雪子把一个每天都来吃裙带菜面条的女学生当自己的女儿看了。

　　雪子每周四天在这个位于高楼林立的市中心地带的大学食堂里打工。

　　虽说已在这儿干了三年，可是，她觉得那些端着托盘在打饭台前排队的学生脸色从没有好看的时候，一个个表情阴郁，说话声跟蚊子叫似的。然而，到了中午十二点前后，这个体育馆一样宽敞的食堂一旦被他们占领，也不知是从哪里发出的喧嚣声便立刻充斥了整个空间，食堂的面积仿佛都缩小了两圈。

　　那些阴郁的学生中，到底是谁在说话呢？雪子一边往开水锅里放着一团团冷冻面条，一边朝餐桌那边瞄了一眼。只见那些学生像是与不断被墙面弹回并膨胀起来的噪音无关似的，全都满脸疲惫地吸溜着大酱汤，啃着炸章鱼脚和姜烧肉，咀嚼着白米饭。这情景常常令雪子觉得不可思议，她总是一边这么琢磨一边煮大量的面条，补充调味料，腾出手来的时候，就洗洗学生送回来的脏餐具。

那个姑娘总是下午两点多才一个人来吃饭。那时的餐厅里，只剩下几个在餐桌上摊开图表或伏在桌上睡觉的学生。她推开入口的玻璃门，嘀的一声从自动购券机里买了餐券，便直奔雪子负责的面食区。每次她都小声说着"请给我裙带菜面条"，把橘黄色餐券递过来。

姑娘长得很好看，眉清目秀的。她也和其他学生一样紧闭嘴唇，似乎背负着沉重的个人问题，无论晴天还是雨天，脸色都不太好。不过，她有时会露出笑容。当雪子把面碗递给她时，她肯定会道声"谢谢"，脸上浮出微笑。那是非常非常浅淡的转瞬即逝的一笑，浅得要是使劲盯着她的脸瞧的话，都会融化进她那苍白的皮肤里去。

雪子意识到姑娘的微笑，是对她有了印象后不久的事。

那天，姑娘递出餐券和雪子伸手接餐券的时机偶然重叠，有不足一秒钟的时间，两人的指尖碰到了一起。姑娘的长指甲轻轻划到了雪子的食指肚。"啊，对不起。"姑娘立刻道了声歉，然后不好意思地微微一笑。这笑容距离太近了，甚至令雪子稍稍犹豫了一下，才说了声"哪里"。把面碗递给姑娘时，姑娘说了声"谢谢"，又微微一笑，然后转身朝餐桌走去。雪子下意识地扫视四周，确认了这件小事发生时没有目击者。

说不定那个姑娘以前也一直像刚才那样朝我微笑吧。想到这儿，雪子不由得感觉很歉疚，决定从明天开始，在端给姑娘面条时一定要瞅一眼她的脸。果然不出雪子所料，几乎每一次，姑娘都冲她笑一笑。偶尔没有笑的时候，雪子心里就会犯嘀咕，目送着姑娘的背影，观察她在餐桌一角哧溜哧溜吃面条的神情。

在学生食堂的正中央，就像直插到操作台里的脊梁骨一样，竖着摆了一张细长的白桌子，在它的左右两边，各排列着八行肋条般的餐桌。望着那些伏在餐桌上睡觉的年轻人，雪子总感觉自己的肋骨上也沾了什么东西似的，内脏里头直痒痒。那姑娘喜欢坐的地方是左肋。

"有个女孩子每天都吃裙带菜面条。"

雪子洗完最后一个餐具，坐在操作台旁边的钢管椅子上，跟同事一起喝茶聊天的时候，曾经说起过那个姑娘。

"瞧，就是那个孩子。"

她朝那姑娘的背影抬了抬下巴。姑娘把放着面碗的托盘推到一边，不知是在看书还是在摆弄手机，一直身体前倾坐着。

"嘿，真的吗？"同事田卷太太打开一小袋歌舞伎仙贝①，嘎吱嘎吱地嚼着，看着姑娘的背影感叹道，"真瘦啊。"

_____

① 因每个小袋上都印有歌舞伎家徽而得名。

69

"就是因为每天都吃面条呀。午饭光吃那玩意哪儿受得了啊。"

"现在的孩子都不好好吃东西，尤其是女孩子。"

"大概是想减肥吧，都那么瘦了，还……"

"其实，胖点儿怕什么呀。对年轻人来说，年轻就是本钱嘛。"

"就是啊。应该多吃点儿才对。"

"好喝。"田卷太太啜着热茶，眯起眼睛说道。雪子也打开了一小袋仙贝，享受着又甜又咸的酱油风味。

"真好吃啊。"

雪子忽然想拍拍那个寂寞的姑娘的肩膀，给她几块仙贝吃。可是，那姑娘远远的背影，仿佛被涂了一层玻璃溶液般坚硬的空气膜似的，看上去宛如某种神圣的东西，那是正悠闲地喝茶的自己不能触碰的。雪子为刚才心血来潮的亲昵欲望不自在起来。

雪子开始每天都有意识地等待那个姑娘来食堂吃饭了。

这既是一个临近下班的信号，也是雪子自己独享的乐趣。雪子瞒着同事，也不让姑娘发现，往姑娘的面碗里多放一些裙带菜或葱花。她甚至还想加上一块油豆腐或炸牡蛎，可是这样很容易被姑娘发觉，便适可而止了。雪子把姑娘当作自己的女儿看，是为了赋予这一独享的乐趣更深的含义。

雪子原本就是个好幻想的少女。从小她就特别喜欢夜晚。一天结束后，临睡之前，幼小的雪子总是闭着眼睛，站在脑中想象的一个房间的门外，轻轻敲着那扇在黑暗之中发出朦胧光亮的门。在那个房间里，她俨然成了电视剧里那位长发飘飘的英俊男演员的恋人，并和他喜结良缘，生儿育女。有时候，她变成了长发披肩、个子高挑的美女，穿着华丽无比的服装，微笑着面对噼里啪啦的闪光灯。有时候，她变成了平安时代的女歌人，或者聚集到巴士底狱的无数民众中的一员。可是，与每夜每夜不断在这个房间里展开的美好画卷无关，睡了几个小时之后，清晨来临时，她便长大了一天。在现实世界里，雪子告别了少女时代，长大成人，谈情说爱，和不是演员的男人结了婚，生了两个男孩。在这个过程中，她渐渐不再进入那任她驰骋想象的广阔无垠的房间了。晚上，即使闭上眼睛，她也看不见那扇闪光的门了。尽管那个房间比现实中的任何房间都离得近，都让她安心，她却不知什么时候被推进了如果没有地图，就连方向都辨别不清的最远的地方。

　　然而，现在一边把面碗端给那些年轻人，一边等着姑娘来吃面，雪子感到自己重新站到那扇房门跟前了。这也许就叫一个轮回吧，她茫然地想。雪子已经五十岁了。半个世纪的生活阅历给予她某种奇妙的感慨。从几年前开始的身心躁动正逐渐趋于平复，但与此同时，组建家庭、相夫教子这忙碌的二十几年来的记忆也在日渐淡薄。仿佛要把这段漫长的时间驱逐出去一般，少女时代熟悉的那种莫名的兴奋再度浸染了雪子疲惫的身心。

我的心止步于十九岁。现在，雪子开始以年轻时无法想象的认真劲儿，念叨起这句二十多岁时无数次说过的话来。别人听了也许只是苦笑了之，雪子却时常在心里想象它，勾勒它，期待着它以某种更具体的形态呈现出来。可是，每当那形态呈现之前，自己映在镜子里的面孔，以及丈夫和儿子们的形象就会率先进入视野。于是，她觉得自己精神世界的问题是这个世界上最不值一提的事情，此时此刻，擦去溅到洗手池上的泡沫或刷掉池子里的茶色水垢才是最想做的事。

"妈妈，看见我的套头衫了吗？深蓝色的那件。我记得上周你拿去洗了。"

雪子正在用铝丝海绵擦刷池子时，听见小儿子在起居室里大声问。

"深蓝色套头衫？"雪子摘掉橡胶手套，来到起居室问道，"有几个数字的那件？什么81、41的……"

"就是，就是。"

"好像看见了。"

"可是，衣柜里没有啊。"

儿子坐在沙发上摆弄着手机说道，没有看母亲。

"上周的衣服，应该全都洗了啊。"

"没有找到呀。我找了半天呢。是不是放进你们的衣柜了？"

"会吗？你等一下，我去找找看。"

"明天我要穿的。拜托。"

儿子头也不抬，摆了摆手，躺倒在沙发上。

雪子按照儿子的吩咐去了自己卧室，一边在衣柜里翻找衣服，一边想，这个儿子要是个女孩子该有多好。此时，她想起了学生食堂里那个女孩子。

这个家里要是有那么个漂亮乖巧的女孩子……那么，在她小的时候，要精心地给她梳漂亮的小辫子，送她去学钢琴，教她对人生怀着谦逊的心态。还要教她怎么做饭啦，水垢怎么除得干净啦，还有怎么洗衣服不会出褶子的诀窍等等。而且，要像对两个儿子一样送她去读大学，把她培养成一个头脑聪明、善解人意、独立自强的女子……

雪子在夫妻俩的衣柜里找了半天，也没有找到那件套头衫。大概是在大儿子衣柜里吧，可是，她又不想在大儿子不在的时候去翻。

"没找着。"

雪子回到起居室里告诉儿子，儿子不满地"啊？"了一声，终于抬起头瞅了雪子一眼。小儿子是瓜子脸，更像他爸爸。

"没准在你哥哥房间里。"

"也可能吧。"

"他回来后，你问问他吧。"

"什么时候回来？"

"今天打工，会晚一点。"

"明天我要早走呢。"

听到儿子不耐烦的语气，雪子有点不高兴了。

"我找不着。反正我都洗了。"

"也是妈妈叠的吧？拜托，我和哥哥的衣服别给放混了。"

那你自己洗好了。但雪子咽下了这句话。为了保险起见，她又去露台找。用手电筒四处照了照，在空调室外机旁边只发现一只灰袜子，没有套头衫。然后又去了卫生间，翻了一通堆在洗衣筐里的脏衣服，还看了一眼为保持清洁总是空着的洗衣机里面。

贴近空无一物的洗衣机往里瞧的时候，雪子又想起了那个姑娘。真想看到生下那样一个女儿，抱着她，给她喂饭，把她培养成一个温柔善良的姑娘的情景……儿子们小时候可爱极了。雪子怎么也不相信世上竟然有这样可爱而纤细的生物，而且正是自己把他们制造出来的。

两个儿子长大成人后，雪子依然很爱他们。

而现在，凝视着洗衣机，想象着要是有个那样的女孩子就好了的雪子，却是早在生儿子以前的少女时代的她。

深蓝色套头衫原来掉在洗衣机和墙壁的夹缝里了。雪子拎起来瞧了片刻，潮乎乎的，沾了些地上的灰尘。她把套头衫扔进洗衣机，又把剩余的脏衣服和洗涤液倒进去，按下了开关。

天渐渐冷起来，那个姑娘开始穿着一件鲜艳的粉红色羽绒大衣来食堂吃饭了。

第一次看见她穿这件大衣,雪子就差点脱口说出"这大衣,可不适合你穿哟"。

从姑娘的肤色和整体感觉来看，这个颜色太花哨了。选择再雅致一些的粉色，或者一般的黑色或藏蓝色就好了。那样的大衣要穿一冬天呢，居然选择那么艳的颜色。雪子不明白她为什么选择那种颜色，便推测那个姑娘的母亲多半是缺乏审美的眼光，不由得为姑娘惋惜不已。

雪子像以往那样目送着姑娘的背影，心不在焉地把一碗清汤面递给下一个学生时，对方说:"这不是我要的。"雪子回过神一看，一个留着直到耳根那么长的褐色头发、长着一对吊眼儿的年轻人，满脸不悦地站在面前。

"不是清汤面？"

"我要的不是清汤面，是牡蛎面。"

雪子慌忙看了一眼手里的餐券。和姑娘刚才那张餐券放在一起的确实是牡蛎面餐券。

"对不起。我马上换一下。请稍等。"

"不重新煮吗？"

"啊？"

"我要的是牡蛎面。这个不是清汤面吗？味道怎么能一样呢。"

雪子刚刚从清汤面碗里夹出油炸豆腐，拿着夹子的手停在半空中，注视着年轻人的脸。从他的表情中，雪子读出了某种用冷淡这个词概括不了的阴暗的东西。

雪子把滴答着调味汁的油炸豆腐放回面碗里，又在上面加了一个油炸牡蛎，将面碗放到打饭台上，说道："对不起啊。给你多加个油豆腐吧。"

不等对方反应，雪子就装作特别忙碌似的，赶紧去洗餐具了。年轻人在打饭台前站了片刻，也许是等得不耐烦了吧，转身快步走了。

真搞不懂现在的孩子都在想什么，故意找碴。雪子感觉受了极大的侮辱，乒乒乓乓地洗着碗筷，脸涨得通红，心里祈祷自己的两个儿子可千万别像他这样对待别人。

"那个女孩子，好像有男朋友了。"

听见田卷太太的声音，雪子扭头一瞧，只见坐在那条肋骨边上的姑娘对面，刚才那个年轻人正吸溜吸溜地吃面条呢。

"你瞧，就是你说的那个裙带菜面条女孩，连我都记住她了。她一直都是自己一个人来，不过今天是和男孩子一起。"

田卷太太一边把盛酱汤的塑料碗收到碗架上，一边随口说着，就像在谈论亲戚的女儿。

　　"是吗？"雪子停下了洗碗的手问。

　　"不过，为什么她总是在这个不上不下的时间来呢？说不定不是学生吧？"

　　"不是学生？"

　　"比如讲师什么的。也可能是附近的 OL 吧。"

　　的确，附近公司的上班族有不少夹在学生里来就餐。这些人是不具备每天去饭馆吃饭的时间和财力的年轻职员，所以看上去和正在找工作的学生没什么两样。

　　"她哪儿像讲师啊？那么年轻的老师，现在的学生根本瞧不起的，怎么上课呀。"

　　"是吗？不过，对于学生来说，年轻老师更容易亲近，更有人缘吧？而且那姑娘还是个美女。"

　　听田卷太太这么一说，雪子的脸又红了起来。

　　"那个女孩子肯定不是老师。哪有那么年轻的老师啊。"

　　"可是，如果是 OL 的话，好像有点太单纯了。不易啊，现在在公司工作。"

　　"不易"就是"不容易"的意思，是田卷太太的口头语。

　　"是啊，不易……"

　　雪子表示赞同。田卷太太来到她的身边，说："我帮你洗吧。"

雪子把水中堆着的盘子拿出来递给她，又一次看向和那个让人讨厌的年轻人面对面吃饭的姑娘。她问田卷太太："那两个人，是在交朋友吗？"

"什么？"田卷太太停了手，好像一下子没听明白。"啊，那两个人呀。"她很快反应过来，一边哗哗地冲掉盘子上的泡沫，一边说，"你不觉得吗？两人脸离得那么近，多亲热啊。不过，现在的年轻人交朋友，怎么说呢，可以说是随随便便吧。不是男女朋友，瞧着却特别亲密似的，真是没法说。"

接着，田卷太太说起了自己正在上大学的二十岁女儿。

"就拿我女儿来说吧，也是这样啊。前几天，大半夜的，我女儿和一个男孩子喝得醉醺醺的回来了，两人都进了女儿的房间。我让那个男孩子在客厅里睡觉，可他们俩醉得一塌糊涂，根本不理我。我也是困得要命，就没管他们。我以为那个男孩子是女儿的男朋友呢，其实根本就不是。第二天早上一问，女儿说，只是一般的朋友。可是因为要好，就在一个房间里睡觉，你说正常吗？女儿还说，年底要和几个男孩女孩一起去欧洲旅行呢。说是一起买飞机票，到了地方就各玩各的。我跟她说最好预订了饭店再去，可人家说，不用不用。"

雪子笑着听田卷太太唠叨，但心里头还是放不下坐在肋骨那儿的那对年轻人。

雪子一直搞不明白自己为什么单单对那个女孩子特别上

心。姑娘虽然很好看，可是在食堂里吃饭的女学生比她好看的多了。

也许和自己认识的什么人长得像？雪子也曾经一个一个地回想以前见过的人。可是无论想多少遍，她也找不出那个"什么人"是哪个人。难道说可能和年轻时的自己长得像？于是雪子抱着一线希望，从卧室的书架上拽出年轻时的相册。在膝盖上把相册打开来看的时候，怀旧感使她一时间老了好多。做姑娘时的自己很丑。那个姑娘还是谁也不像。

可是，不管她是什么人，雪子都不希望她和那样的男人交往。一想起那个男人刚才那副不快的表情，屈辱感就仿佛消毒液般使雪子的心一阵发麻。

雪子想问问田卷太太对那个男人的印象，可是就在田卷太太没完没了地说起自己女儿的工夫，坐在肋骨那儿的两个人已经走出了学生食堂。

下午三点半下班时，雪子像往常一样喝完热乎乎的绿茶，换下白色的烹饪服，朝地铁站走去。

干冷的北风不断掀起行人的大衣下摆，吹乱他们的头发。雪子赶忙从口袋里掏出羊绒手套，戴在刚刚涂抹了手霜的手上。也许是手霜的缘故，手套里潮乎乎的，不怎么舒服。

在十字路口等绿灯的时候，有几个学生灵活地躲避着车流，闯过了人行横道。闻到从身边飘来熏人的烟味儿，她扭头一看，又一个拿着烟卷的学生正咂吧着舌头闯红灯呢。

记得听高中老师说过，不要在孩子面前闯红灯，这个教导雪子至今铭记在心。可是，看着那些也不看左右两边、一边抽着烟一边过马路的年轻人，雪子忽然发觉，其实这些年轻人里头已经没有一个是孩子了。自己一直无意识地把和儿子同龄的学生当孩子来看，其实他们绝大部分都应该是成人了。就算不是成人，既然是大学生，也有十八岁了。也就是说，他们的年龄已经远远超过自己听老师那个教导时的年龄。老师说："小孩子喜欢模仿，所以不要当着他们的面闯红灯。"但现在可以说轮到雪子模仿他们了。虽然并不赶时间，她也跟在那些年轻人后面，提心吊胆地开始过马路。

就在雪子快要过去的时候，一个鲜艳的粉红东西忽然闯入了视野。意识到以更快的速度超过自己的艳粉色东西正是那个姑娘的羽绒大衣，她的心跳一下子加速了。姑娘的脸庞一半遮掩在大领子里，不过，那鸭蛋形的轮廓给因寒冷和胆怯缩着头的雪子增添了一些勇气。

赶在姑娘被其他年轻人形形色色的脑袋淹没之前，雪子加快脚步追到她身后。姑娘走得很快，每向前走一步，面前就仿佛在铺开一条无形的地毯一般，迎面而来的人全都给她让路。

对了，现在我要和这个女孩子一起去买东西。

刚想到这儿，雪子感到那久违的想象中的房门敞开了。她一边在姑娘后面拼命追赶，一边为能在不同以往的地方观察姑娘的新鲜感而眩晕。她漫无边际地想象起来。现在，我要和女儿一起去给她买大衣。我要调动起姑娘的审美能力，用颜色淡雅而有品位的大衣替换掉那件俗不可耐的粉红色大衣。那个女孩子可能会说："妈妈，我不喜欢那么素的颜色。"于是，妈妈会告诉她："像你这个年龄，淡雅的颜色更显得有活力啊。亮丽的颜色要等到上了年纪穿才好看。因为那样的色彩会把人的肤色衬托得更鲜亮。可是，淡雅的颜色像妈妈这样年纪的人穿的话，肯定灰暗得没法看。因为我们的肤色压不住灰暗的颜色，所以一穿上那种颜色的衣服，人就真的变得黯淡了。"

　　和其他年轻人一起，姑娘再次无视信号灯，穿过了站前的人行横道。有一辆出租车开了过来，雪子慌忙朝司机扬起一只手，一边低头致歉，一边过了马路。姑娘走下了通往地铁站的阶梯，雪子以为她会直接进入检票口，没想到她走进了右边时装大厦的自动门。雪子停了一下脚步，但马上发自内心地愉快地同意了像是要去买什么东西的姑娘改变路线，跟着她走进商场。

　　姑娘沿着化妆品卖场的通道走着，不时瞄一瞄映在那些镜子里的自己。她在角落里的一家外国品牌专柜前停住了，脸凑近柜台上的椭圆形镜子，揪了一下右眼皮下面的眼袋，还眨巴了好几下眼睛。店员走过来时，她又快步上了商场最里面的扶梯，以和在平地走路完全一样的速度从右侧走了上去。到了三层，她走进正对着扶梯的女式内衣店。雪子好久没有走这么快了，气喘吁吁的。四周充斥着闻不惯的气味，加上心脏搏动般咚咚作响的嘈杂音乐，她感觉浑身热烘烘的，发际和鼻子下面都冒出了汗。由粉红色和白色装饰的内衣店一看就知道是面向年轻人的店面。从店里传出来的心脏跳动般的音乐一直流淌到通道上。

雪子站在店门口，看了看手表。快四点了。如果牺牲喝茶和看晚报的时间，还有一个小时左右，就算待在这里也不会对自己正常的生活产生什么影响。其实非日常性的事情从开始到现在才短短五分钟。她马上冷静下来。可是，一看到随着音乐接二连三被店里吐出来的年轻女子，她脑中立刻闪过一个疑问：自己这身打扮站在这种地方，没准会被人当成清洁工而不是顾客吧？雪子穿着厚厚的羊毛外衣，下边是化纤裤子和轻便的运动鞋。虽然不是故意这么穿的，但从头到脚都是深浅略有差异的藏蓝色。要说不像清洁工的地方，只差帽子、姓名牌和拖把了。

意识到这一点，雪子感觉从头顶到脚心都被人死命掐着，全身被扭成麻花似的喘不上气来。她真想惩罚自己一下，怎么跑到这样不合身份的地方来了，虽说只有短短五分钟。这惩罚就是进入眼前这个内衣店，挑一件最花哨最俗气的内衣，对着镜子比画。她觉得非得这种程度的严厉惩罚才行。可她朝店内一瞅，看见那个姑娘果然拿着一件一看就是那种花里胡哨俗到家的内衣，正仔细地看价签呢。看着这情形，雪子感觉那姑娘宛如在替自己受惩罚一般，真恨不得立刻抓住她的胳膊，把她从店里头拽出来。

可是，雪子决定一个人回去了。这甘甜的气味，她一刻也不能忍受下去了。这是把少女时代的雪子的幻想塞进瓶子，再倒入某种果汁使其腐烂般的气味。对那么没有品位的姑娘紧追不舍，多半是因为自己忙得晕了头，不然就是闲得晕了头吧，反正是其中之一。雪子最后瞧了姑娘一眼，正要朝下行扶梯走去，忽然感觉有人在看自己，抬眼一瞧，前几天让自己找套头衫的小儿子正站在不远处。儿子身边有个矮小的女孩，属于雪子从没有接触过的那种女孩。儿子奇怪地瞅着母亲的脸，挽着那个不停说着什么的女孩的胳膊，登上了上行扶梯，看不见了。一个年轻的女清洁工手里拿着拖把从那部扶梯前面走过。她戴着有线条的水兵帽，脖子上围着一条漂亮的印花手帕，穿着与时装店的清洁工身份很吻合的鲜蓝色工作服。

丈夫一回来，雪子便站起身准备开饭。

在丈夫脱掉了上衣去洗手的工夫，雪子把啤酒瓶和摔不碎的陶制酒杯放上桌子，把事先烤好的青花鱼放进微波炉，又热了大酱汤。

"孩子们呢？"

丈夫在桌子上摊开晚报问道。大儿子去打夜工，小儿子在自己房间里，雪子回答。

"最近怎么看不见他们哥俩啊？"

"那是当然了，生活节奏不一样呗。他们已经长大了。"

"为什么不愿意搬出去单过呢？"

"租房的费用谁出呀？我可不想花多余的钱。"

"说得也是。不过，得让他们有点儿自立心哪。大男人老是舒舒服服赖在父母这儿，很成问题啊。"

丈夫自斟自饮着啤酒，每喝一口，都像被人从头盖骨里头死命揪着似的，狠劲一闭眼睛。喝酒是丈夫下班回家后吃晚饭前的习惯。刚结婚的时候，他就是这样喝一口酒，紧闭一下眼睛。他这个毛病很让雪子惊恐不安，生怕他的眼球陷进肉里，再也出不来了。

"等工作以后，他们会搬出去的。"

"那咱们就该寂寞了呀。"

"怎么会寂寞呢？更轻松了。"

"别看你嘴上这么说，心里就喜欢被孩子们依赖着吧。当妈的不都是这样吗？"

丈夫猛地睁开眼睛，目光落在了青花鱼上，伸出筷子从鱼的脊背吃起来。雪子忽然想到，如果他们有个女儿的话，丈夫还会这么说吗？她无意中将视线移到墙上，忽然看见一个黑不溜秋的小东西，吓了一跳。其实那只不过是一个嵌入墙壁的木楔，挂衣架用的。住进这个公寓都二十年了，雪子还是冷不丁被它吓到，总以为是蛾子或蟑螂什么的趴在墙上，弄得她紧张兮兮的。

小儿子啪嗒啪嗒地走进了起居室。这个孩子无论春夏秋冬，在家里都光着脚。

"嗨。"

丈夫招呼道。儿子也"嗨"了一声，然后从冰箱里拿出一盒布丁，坐在沙发上吃起来。关于傍晚在商场里的偶遇，雪子还没来得及和儿子说呢。

小儿子上大学后，一家人吃晚饭的时间便各行其是了。提出这个建议的是雪子。她早就有这个想法，等孩子们长大了，至少能够自己选择什么时候吃饭。现在雪子很在意自己中年发福的身体，想要尽量早一点吃晚饭，所以在晚上七点之前就把全家的饭都准备好了。到时候，她只把锅里或电饭煲里的菜和饭拿出来放在餐桌上，各人随喜好自己拿盘子去盛，愿意怎么吃就怎么吃。

"今天，妈干什么去了？"

儿子忽然回头问道。几秒钟后，雪子才反应过来是在问自己。

"去买东西吗？"

儿子搅拌着沉淀在容器底部的黏糊糊的深色奶昔和布丁，透明的容器里出现了豹纹图案。

"我倒想问问你去干什么了？那个女孩子是你女朋友？怎么瞧着没精打采的。"

丈夫对母子俩的对话很感兴趣，从他一直不停地吃青花鱼就看得出来。他连续做某个动作的时候，就说明脑中在关注另外一件事。

可是这会儿，雪子没有心情把儿子问的事情的来龙去脉一一讲给丈夫听。

"不是女朋友啊。"

"那怎么挽着胳膊呢？"

"是她挽着我的呀。"

"又不是情侣，居然还挽着胳膊？"

"老妈，倒是你出现在那种地方还真稀奇呀。怎么说呢，我觉着就像遇见了神仙似的。"

儿子把搅拌完的布丁一口倒进了嘴里。雪子发觉丈夫在嘿嘿地笑。扭头一看，丈夫果然正一边吃鱼一边窃笑呢。

姑娘和那个吊眼儿年轻人一起来食堂吃饭的次数越来越多了。

食堂玻璃门外一出现粉红色身影,雪子的心情就兴奋起来,可是一看见紧跟在她身后的那张面孔,便立刻感觉右手拿着的汤勺变得沉重了。

姑娘依旧像以前那样,递给雪子橘黄色餐券时,留给她一个笑容。雪子渐渐感觉自己就像是用裙带菜面条来交换那姑娘的笑容似的。可是,当外面街上的树叶开始变黄时,姑娘的脸色也随之一天比一天难看起来。雪子猜测,大概是因为学习太累了,不然就是因为那个让人讨厌的男人。还有,那天她那么急匆匆地去内衣店买内衣,也是为了那个男人吧?想到这儿,雪子拿着一汤勺葱花的手微微颤抖起来,绿色的小圆圈掉到了不锈钢操作台上。

那个男人有时候要牡蛎面,有时候是清汤面,变换不定。在雪子看来,这是在巧妙地给自己下套,因此,从他把餐券放在打饭台上开始,直到把面碗端到他面前为止,雪子一瞬也不敢走神,一边在脑子里反复念叨餐券上的面条名称,一边专注于每一个步骤。

“喂。”

在面食区打饭台前,雪子听到过一次男人这么叫那个姑娘。之后足足好几秒钟,雪子都感觉头昏脑涨。她真想叫住朝着先回餐桌吃面的男人走去的女孩子。那个丑小伙儿以为自己是谁呀?居然装模作样地管她叫什么“喂”?

"听说他是个讲师。"

休息时，田卷太太一边嚼着花生味的饼干，一边压低声音说道。

"谁呀？"

"就是那个，和你喜欢的裙带菜面条女孩在一起的人呗。因为他那副打扮，看着才像个学生似的，其实是老师。前几天我回家的时候，看见他把自行车停在教师存车处了。"

"真的？"

雪子越过女孩子的肩头，望着吃面条的男人。那人面相挺厉害的，雪子实在不敢想象他在讲台上讲课是什么样。

"所以才那样叫她吗？前几天，他管那个女孩子叫'喂'呢。"

"还有，那个女孩子果然是个学生。我从学生谈话室的窗口打听来的。不过，那位男老师还真是显年轻啊，跟学生差不了多少。我猜他们俩肯定不是一般的师生关系。"

田卷太太眨眼工夫就制造出了这两个人的罗曼史，有鼻子有眼地给雪子讲起来，打从他们相识相恋开始，直到今后可以预见的不乐观的未来。雪子专注地听着，在脑中一一描绘田卷太太所说的种种情形。

"头脑聪明的年轻老师和漂亮忧郁的女学生坠入情网，哎哟，还蛮般配哪。"

看样子，田卷太太对这段罗曼史很是享受。饼干的碎渣粘在她的嘴角上，不断被紫色舌尖灵巧地席卷而去。

"是啊。"

雪子附和道。她犹豫着要不要把前几天那件事告诉田卷太太。姑娘急匆匆去内衣店，拿起一件店里最俗不可耐的内衣来看，还有，姑娘这么做是为了那个"头脑聪明的年轻老师"等等。这件事肯定会起到酵母菌那样的作用，使这段罗曼史骤然发酵。

然而雪子没有告诉她。

"该去换垃圾袋了。"雪子说着站了起来。

"垃圾袋应该明天换啊，明天。"

田卷太太对坐在旁边餐桌喝茶的其他服务员大声问道："是吧？换垃圾袋是明天的活儿吧？"

雪子不理睬田卷太太的阻拦，从打饭台里走了出来，打算去收食堂里四个垃圾箱的垃圾袋。

她先把西边两个垃圾箱里沉甸甸臭烘烘的垃圾袋拿出来，将预备在箱底的新垃圾袋换上。然后两手各拎着一袋垃圾，朝东头的垃圾箱走去。但是，她没有靠墙边走，而是沿着中央的脊柱，故意从姑娘坐着的餐桌旁边拐过去。她从姑娘背后慢悠悠地走过时，将男讲师咀嚼着面条的面孔看得一清二楚。他今天要的是清汤面。

"我是说，你这个人吧……"

刚走过去，就听见那个男人黏糊糊的说话声，雪子不由得站住脚，回过头来。

"你也太娇气了吧。你难道不觉得自己在啃老吗？这种不懂事的话，等你自己挣了钱以后再说吧。真是的。"

雪子目不转睛地凝视着男人的脸。他嘿嘿地笑起来，伸出手毫无顾忌地捏住了姑娘拿着筷子的手，迅速贴到自己的嘴唇上。雪子只觉得自己的嘴唇被火灼了般滚烫。

"喂，注意点影响啊！"

雪子忍不住在姑娘身后嚷了起来。男人惊得松开了手，怔怔地瞧着眼前这个脖子上围一条绣有"happy foods"的白三角巾的矮墩墩女人。弄明白她是什么人之后，他明显地露出不快的表情，嘟囔道："碍你什么事呀？"

姑娘回过头来，仰起脸瞧着站在自己背后的雪子。如果她再晚回头几秒钟，雪子很可能已经把双手温柔地放到她的肩头了。然而，在那之前，两人的目光相遇了。雪子第一次俯视她。这直勾勾盯着自己的视线，雪子感觉似曾相识。这眼神与自己住的那个3DK公寓①里好几年来一直像蜘蛛网般布满墙壁的反抗者们的目光极为相似。

"堀田太太，怎么了？"

打饭台那边，田卷太太在喊她。雪子这才清醒过来，回头

---

①指起居室、餐厅、厨房俱全的三室一厅公寓。

朝田卷太太摇摇头，然后使劲拎起两袋垃圾，朝还没有收的两个垃圾箱走去。

对拖着四个垃圾袋回来的雪子，田卷太太安慰般地说："这么多啊，真不易啊。"

天空是灰色的，刮着呼呼作响的北风。

雪子像往常那样，从食堂出来走了几步才掏出手套，套在刚刚抹了手霜的手上。走出大学校门有一个广场，四周环绕的低矮花坛代替了长椅，花坛有三面都被吸烟的学生占据了。他们喷出的烟雾被大风一吹，转眼间便消失不见。雪子忽然想坐在这些吸烟的学生里头，吸上一支烟。她还从来没有吸过烟。就连喝得醉醺醺地回家、不预约饭店就出去旅行、挽着男友之外的男人的胳膊走路都不曾有过。

晚上，小儿子一回到家，雪子就从冰箱里拿出布丁，和小勺一起给他放到沙发前的茶几上。

儿子说了句"哦，thank you"，也不看雪子的脸，一边躺倒在沙发上，一边打开了布丁盖儿。甜甜的果汁飞溅到了木地板上。

"你老妈，"雪子对着儿子的后背说了起来，"今天，跟一个人生了一肚子气。"

"啊？谁呀？"

儿子刚吃了一勺布丁，小勺还在嘴里，扭头瞧着母亲。

"在食堂里。有一个每次都来吃裙带菜面条的女孩子，特别可爱，可是最近跟一个不怎么样的男人好上了。那个男的我怎么看都不顺眼。今天吧，那个男人在大庭广众下对她动手动脚，旁边还有人呢。所以，我就训斥了他。"

儿子默默地搅拌起布丁来。

"那种男人真让人受不了。"

"……妈妈认识他们吗？"

"认识啊，每天都来吃面呀。"

"可是，算不上是熟人吧？"

"虽然不是熟人，可到了我这个岁数，什么样的人，瞧上一眼就知道个八九不离十。"

雪子没有再说下去，儿子停下手，看着母亲的眼睛说："妈妈，以后最好别这样了。"

"为什么？妈妈看见有人对那个女孩子动手动脚的，真是气不过呢。"

"可是，那个女孩子不认识妈妈，妈妈也不完全了解她的情况吧。要是被人家记恨怎么办哪？那个女孩子当时什么表情？妈妈忽然发火，她没有不高兴吗？忽然冒出个不认识的人对自己发火的话，一般人都会吓着的。"

"没不高兴呀……好像很吃惊似的。不过，肯定是因为她不知道妈妈为什么发火。"

"没有瞪你吗？"

"没有啊。没有瞪我。"

"妈妈，最好不要这样一厢情愿地判断不了解的人。说来说去，妈妈并不怎么了解那个女孩子吧。"

儿子把最后一口布丁倒进嘴里，背过身去，拿起桌子上的杂志。

"布丁，这是最后一个了吧？回头再买点来。"

儿子说完就不再说话了。

"我得去收衣服了。"雪子嘀咕着去了露台。

十四楼外面的暗夜中刮来了干冷的风。雪子绷紧背上的肌肉，拉亮露台的灯，把已晾干的衣物从一个个夹子上摘下来，堆到房间里的窗台上。从窗户刮进来一股股冷风，儿子露出了不乐意的表情，但雪子没有注意到。

雪子一边机械地收着衣服，一边瞧着一直掉在室外机旁边的那只灰袜子。袜子上粘着一小片枯叶，不知是因为雨水还是什么缘故，它四周出现了一圈暗黑。自从找套头衫那天发现它以后，每次看到它，雪子都想回头把它捡起来，结果一直扔在这儿。

现在，雪子一个人站在夜晚的露台上，凝视着那只袜子。

看着看着，她恍惚觉得这个家里除了她自己和这只袜子，已经什么东西都不存在了。她把晾衣架上的最后一件 T 恤衫扔进房间，便冲着袜子蹲了下来，伸出手捏起了它。

"说来说去，妈妈并不怎么了解那个女孩子吧。"

从留下了袜状白印儿的地上，儿子刚才说的话像烟雾一样升腾起来，和着一股猛地刮来的风钻进了雪子的耳朵。这时，随着砰的关门声，儿子从起居室出去了。

雪子面前再次出现了一扇发光的门。

可是，雪子已经弄不清自己究竟是在那个房间里面，还是在房间外面了。

二饲先生的近况

长针和短针指向十二点五十七分，呈现出郁金香叶子的形状。

　　"哎，现在表针看着挺像郁金香的，是吧？十二点五十七分的时候。"

　　隔壁桌的喜多川前辈好像在忙什么，没有回应。

　　她戴着花套袖，正一个接一个地翻看文件盒，大概在找什么东西。这个星期新出现在她桌上的装饰架上的兔子和松鼠笔插都歪歪斜斜的。"你找什么呢？"我尽量不打扰她,问了一句,还是没有回应。

　　我只好回到自己的电脑前，点开了邮件收信键。

　　　大家好，一直承蒙各位关照。

　　　我是二饲，打算再次换工作。

　　　新去处还没有确定，但近日就会有结果。

看来专心致力于美发业，尚需要一些时日。

在此心愿实现之前，还请各位多多指教。

如需承办婚礼事宜，愿随时为您效劳！

二饲浩太郎

　　这是一封不认识的人发来的邮件。我又看了两遍。署名栏里是罗马字拼写的一长串公司名称、所在地、电话号码、邮件地址等等。没有莫名其妙的附件。其他收信者的邮件地址也从没见过。

　　也许是以前交换过名片的人吧。于是，我拿出名片夹大致翻看了一遍，却没有找到叫二饲浩太郎的人。

　　近日就会有结果。致力于美发业。承办婚礼。

　　我再次努力回忆起名曰二饲浩太郎的人物来。上市客户的酒会上？去前辈家里做客的时候？刚进公司时参加过的仅仅一次的新职员夏令营里？在那些场合，有没有人谈论过美发业或承办婚礼呢？

　　我右脚蹬着地板，坐在转椅上往后滑动。后桌与我同年进公司的金城君正往 Excel 表格里输入复杂的数字。每输入一组，表格里面的数字便眼花缭乱地变上一通。他正在对截止到上周的分店营业额里的"单人沙发 U230"进行单项结算。

　　"嗨，嗨。"我本打算拍他的肩膀，临时改为拍他的椅子——普通员工坐的那种贴了一层暗粉色面料的灰色钢管椅。我到隔壁公司去拿错投的信件时，在他们的前台也见过一模一样的椅子。

"什么事？"

"你看看这个。"我指着电脑让他看。金城君有点儿嫌烦，但还是站起来，过来看我的邮件。

"这是什么玩意？"

"不认识的人发来的邮件。"

"谁呀？"

"所以说不认识的人嘛。"

"怎么显得跟你很熟似的呀。"

金城君移动着鼠标，往下拉页面。

"你说是不是发错了？可是，就算是错把我的地址放进他自己的地址簿里，也得知道我的邮件地址才行呀。"

"这个名字怎么念？Nikau？"

"不对，应该是 Nikai 吧。"

"噢，是吗？ Nikai 先生啊……"

我们俩回忆起以前参加过的和公司业务相关的聚会来，可是，对二饲浩太郎这个人没有印象。

"不用理它好了。反正也没有危害。"

也是啊。我这么附和着，可马上删除它又有点不忍，至少等吃完午饭再删吧。

"你有空去吃午饭吗？我现在去。"

"啊，能去。不过稍等一下，就五分钟。"

"好吧。"

我回到自己桌前，翻看设计企划部制作的进口家具商品指南的样本。每期商品指南的校样一出来，企划部都会让全公司的员工传看，请大家在觉得不满意的地方画上线，并写出意见。几乎没有人真的这么做。但由于匿名也可以，我就尽自己所知，给布局的协调和家具宣传用语等写点儿具体的意见。上大学时我打过这方面的零工，因而乐此不疲。

后面的金城君在给仓库打电话确认库存。怎么还没完哪？我一边玩弄圆珠笔，一边翻看商品指南。电话打了有五分钟，就在我开始不耐烦之际，他很难得地挂了电话。

"抱歉，宫田小姐。我完事了。"

"啊，好。"我合上商品指南，把钱包和手机塞进吃饭时拿的小手袋。

等电梯时，金城君伸了个大大的懒腰，使劲伸向斜后方的胳膊猛地垂了下来。

"咱们去哪儿吃？"

"我想吃中餐。"

"好啊。白田屋？龙祥？"

"大概去龙祥吧。"

"什么？大概？可以呀，去龙祥。"

丁零一声，电梯门开了，立刻闻到了一股炸鱼味儿。从地下二层的套餐店飘来的这股味儿简直让人百闻不厌，每次都觉得香得不行。

"我想跟你请教一下。"

等担担面套餐的时候，我开口道。

"什么事？"

金城君喝了口水，拿起玻璃杯时，顺手用湿手巾擦去桌上的水。

"我想问问，你在网上买过东西吗？"

"当然买过啦。"

"那个，可靠吗？"

"什么呀？"

"因为必须把自己的地址告诉不认识的人哪。"

"是啊。"

"你不觉得可怕？"

"告诉别人地址吗？要是这么说，银行啦，信用卡公司啦，好多地方都知道宫田小姐你的地址啊。"

他一边说一边抽出插在墙壁和酱油瓶之间的午餐菜单看起

来。塑料菜单光溜溜的表面上映着荧光灯的鸡蛋形光晕。

"可是，那些都是公司，又不是告诉某一个人。"

"公司就可以放心吗？"

"公司的话，觉得还可以吧。不认识的人就有点……"

说到这儿，我忽然想到那样的公司里也有成百上千的人哪。不过，要是这么想，就没有人可以相信了。

"怎么，不是雅虎或者亚马逊那样的吗？"

"嗯，就是那种私人开的网店，感觉像卖杂货的似的。说是钱一打进去，就给发货。"

"这个嘛，光听你说的这些，我可说不好，只能你自己去判断了。你想买什么？"

"嗯，想买点……小玩意。"

"哦。"金城君没有再追问，想把菜单放回去。见他插着费劲，我就帮了把手。

"喜多川前辈也喜欢网购，几乎每个星期都更换桌上的小摆设。她说，衣服也是从网上买的，还说回头把不用的盘子什么的送给我呢。"

"啊，喜多川前辈是给人很喜欢网购的感觉。理解。"

"她说几乎不在商店里买东西。难道她不害怕吗？"

"要说是可怕还是方便的话，当然是方便吧。"

担担面上桌了，网购的话题就此打住。吃了几口面之后，我刚想说"连她戴的套袖也是网上买的呢",可一瞧见漂浮着一层芝麻的面汤,就把话咽了下去。

我泡完澡,打开了电脑。

打开那家杂货铺的页面,"厨房""收纳""布类"等分得很细的类别布满了整个画面。我从中选了"文具",找到想买的商品那页后,满脑子都是"我想要"了。

最近,每天晚上我都盯着商品号码为 NOU91 的印有首字母的信纸。在信纸右下方贴着我喜欢的首字母和喜欢的字型的金箔。而且,配套信封的封口贴画上也印着同样的首字母。我真恨不得立刻把它买来,拿出一套贴在相册里做样品,其余的收进盒子。我不止一次地想象过将一套印有 M·M 的漂亮信纸放进去之后,合上相册时啪地发出一声脆响的情景。

今天就买。我在回家的电车里做出了决定。吃完午饭回来,我还向喜多川前辈请教了一下,她说"绝对可以放心"。我点了网页右上角的蓝色吉利豆形购买键。立刻转到了输入姓名和住址的页面,我不由得停下了手。现在,就要把我的个人信息交给这个网店的管理人——一个叫"长岛迈克"的国籍不明的人了。

害怕自己的地址被不认识的人知道,我是从什么时候开始变成这样的呢?每次看毕业相册上的住址名册和公司客户信息库里堂而皇之记载的数百人的个人信息，对我来说简直就是一种折磨。无论是被别人知道自己的信息，还是知道别人的，都令我心生恐惧。每当听到顾客信息泄露或者人肉搜索一类的报道，从一出生就理所当然地伴随自己的名字和住址其实应该尽量隐藏起来的想法便被强化一次。

太过神经质了不好。出售这么漂亮的杂货的人是坏人的概率应该很低吧。我没有根据地说服了自己，填写姓名后，发现下面还有一个性别选项。我灵机一动，说不定把性别改一下比较稳妥。不光是性别，连姓名也改了为好。不过，要是把名字完全改了，以为送错了人家的快递员可能会把货原封不动地拿回去。

思考了片刻，我决定改成让快递员误以为是偶然写错的男人味儿的名字。于是，我把已输入姓名栏的"雅"字删掉，变成了宫田实，而不是宫田雅实了。给人感觉像是年轻男人的名字。只减去一个字，却保护了隐私，这让我有了安心感。

然后我输入真正的地址和改了一个数字的电话号码、邮箱地址，用手指点了点它确认后，摁了发送键。一瞬间，"宫田实"的住址通过光缆传递，穿越了各种各样的信息，被"长岛迈克"接收了。

谢谢订购。确认汇款后立即发货。

我盯着发信后的页面发了一会儿呆，然后往网上银行的指定账户里汇了款，吹干头发后，上床睡觉了。

　　第二天早晨，一上班，我就对正坐在桌前喝着纸杯咖啡的金城君说："早上好。昨天，我装成男人在网上买东西了。"

　　他放下纸杯，一如既往面无表情地问："什么？"

　　"我用的是宫田实这个假名字。像男人吧？性别也选了男。"

　　"为什么呢？"

　　"我觉得要是装成男人的话，就不会被别人打什么歪主意了。以防万一呗。"

　　"你费这脑子，我倒觉得没多大必要。买了什么？"

　　"嗨，就是吧。"我笑着打哈哈。

　　金城君嘟囔着："我也想买一双鞋呢。"

　　"鞋？"

　　"踢室内足球穿的。上大学时穿的那双早就破得没样了。不过，我可不喜欢在网上买鞋。不亲自试穿一下走两步的话，心里不踏实。"

　　"没错。鞋这东西，还是想在商店里买呀。"

　　"就是啊。"金城君附和道，眼睛直直地盯着我，我只好从他的脸上移开视线。每逢这种时候，我的视线大多停留在他下巴底下的领带上。他今天的领带是藏蓝色的，带有细细的斜纹。

我打开电脑，开始查看邮件，看到夹在发货邮件和公务邮件中间，有一封"本月联络地址"的邮件。来信时间是今早八点二分。

"金城君，那个莫名其妙的邮件又来了。"

我感到稍许的兴奋，回头告知金城君。

"啊，莫名其妙的邮件？"

"就是前几天来的，什么美发店啦，承办婚礼啦那个……"

"啊，Nikau 先生吧。"

"就是就是。Nikau 先生。你看。"

　　一向承蒙关照的各位好。

　　我是二饲。前几天给您发了报告近况的邮件，可是，我的邮箱使用期限截止到本月二十五日。

　　以后如果有什么事，请暂且联络我的个人邮箱。

　　家庭内部和平研究家方面的活动，将暂时潜伏于地下。

我偷偷瞅了一眼盯着邮件看的金城君的侧脸。他这张长脸什么时候看都是光溜溜的，不见一粒青春痘。虽说有时候会笑，会不高兴，但即使发生天大的事，这张脸上都绝对不会露出吃惊的神色。

"嘿，"金城君看完后，感叹道，"像他这样，对只交换了一次名片的人也不停地发邮件推销自己，还真是善于交际。"

"也许我真的跟人家交换名片了吧。不过一般来说，对只有一面之交、不怎么了解的人不会发这样的邮件吧。家庭内部和平研究家，是什么？"

"不知道。大概是 Nikau 先生参加的什么圈子吧。"

"不对，是 Nikai 先生。"

"啊，对了。哈哈。我最开始以为念 Nikau，所以老改不了。可是，从这个邮箱还真看不出来。"

的确，邮箱是 kotaro.n@，后面是公司的域名。他的私人邮箱也一样。

"只用姓名的首字母的话，大概是和外企沾边的公司吧。"

"依我的直觉，多半是其他行业的人。比如网络啦，或者电讯业方面的，光看字面的话。"

"看哪部分字面呀？"我问的这句话和旁边喜多川前辈的"金城君，来一下，看看这个发货……"的大呼小叫重叠了。金城君移到她身边去，听她说话。

又是这位 Nikau 先生。我叹了口气。啊，不对，是 Nikai 先生。其实怎么称呼他都无所谓。Nikai 先生要辞职吗？上次的邮件里说要再换个工作。在如今这个世道，竟然这样不停地换工作，是不是说明很有自信呢？

我想起了昨天晚上看的电视。一位从事投机行业的年轻总经理豪情万丈地说："我这个人，只要一感到这个地方很安稳，就待不住了。我只想做现在想做的事情。"他曾在上大学时经商，后来把买卖让给了别人，自己一直走马灯似的换工作，三十岁时创立了现在的公司。重新看一遍 Nikau 先生的邮件，我联想起那位总经理的模样。短短的头发，个头不太高，晒黑的脸庞不苟言笑。结婚了，还没有孩子。言出必行。满怀进取心和冒险心做事。尽管如此，他居然会给一个只交换了名片的人写来这样显得很亲密的近况报告。我心里想。

看了一眼墙上的表，八点四十三分。短针和长针几乎重合。再转上一圈回到这个位置，今天一天也没过完，这让我觉得匪夷所思。

到了午饭时间，隈江君到办公桌前来找我。约好今天一起去吃寿司的。

"宫田小姐，可以走了吗？"

"啊，请稍等一下。"

"好，我在走廊里等你。"

隈江君是设计企划部的。我经常在他们的商品指南上写意见，他似乎感到十分难得，总是对我相当热情。虽然是匿名，但据他说，由于"字写得很执着"，所以他一眼就看出是我写的了。最初，他只是就我写的意见提一些问题，后来便隔三差五邀我一起去吃午饭，但不再提及我提的意见是否被采纳了。

有时候只有我们两个人，有时候他也会带着五六个同事来。

我把没写完的邮件保存下来，小跑着来到走廊。隈江君正把立在小会议室前面的公司宣传板摆正。

"对不起，让你久等了。"

"好了，走吧。寿司可以吧？"

"好的，寿司可以。"

在电梯里，隈江君谈起了下一期商品指南。他说，从下一期开始，打算稍微改变一下形式，采取更实用的宣传方式。从七层到三层都有人上下电梯，一层的指示灯终于亮了，门一打开，我就看见大楼自动门外面有个熟悉的背影。隈江君眼睛很尖，立刻问我：

"啊，那不是金城君吗？他旁边的女孩子是谁？"

"是线上企划的吉冈小姐。"

"哟，不认识。新来的？"

"差不多三个月前，或者更早些吧，好像。"

"原来除了宫田小姐，金城君也和别的女孩儿去吃饭哪。"

"那是。"

不可能因为同年进公司的只有我们两个人，就总是结伴而行。其实，最近金城君和吉冈小姐一起吃午餐的时候反倒更多一些。他们俩大概是一同参加室内足球活动才亲近起来的吧。因调动工作来公司的吉冈小姐年纪轻轻，却是个阅历丰富、活泼外向的人。据说参加星期日的室内足球爱好者协会的活动时，她和男职员们一样，在球场上跑来跑去。

从大厦出来，金城君和吉冈小姐隔了大概有五十米远走在前面，一直没有改变路线。快要走到邮局的时候，只见金城君指了指我们正要去的那家回转寿司店。两人走近店面，吉冈小姐也跟着金城君看起菜单来。

不要进去。不要进去。我一边听着旁边的隈江君说话，一边在心里默念着。因为不想在我和金城君分别跟别人一起去吃饭的时候遇见对方。估计只是看了看菜单吧，不一会儿，他们就拐过街角，朝快餐店街方向走去。

进了寿司店，我们并排坐在靠近出口的吧台前。捏得紧紧实实的寿司在传送带上旋转。

"不知发明这种吃法的人，怎么会想到让寿司这样转着圈吃呢？"

我问隈江君。他吭哧几声后笑道："大概是为了不好意思点菜的人吧。"然后把湿手巾往台子上啪地一放，说了声："好了，开吃。"一连拿了三盘。一盘扇贝和两盘白肉鱼。我拿了一盘转到面前的蟹肉沙拉，吃了起来，觉得很好吃，便在传送带转过来时又拿了一盘同样的。

"没错，这种回转寿司的话，可以放开了吃自己想吃的呀。即便吃十盘蟹肉沙拉，也不会觉得不好意思。"

"就是，就是。"隈江君一边大嚼着第二盘扇贝一边点头。他面前已经有两个金色盘子了。真行，我心里感叹着。每次来回转寿司店，我都想不考虑盘子的颜色，痛痛快快地吃它一次。看来隈江君就是这样的人。这么说来，我应该还认识别的像他这样的人——不在乎盘子的颜色，吃自己想吃的东西的人。

"那个，汉字的二，加上饲养的饲，念 Nikai 或 Nikau 的人，你认识吗？"

"Nikai？什么人？"

"最近给我发邮件的人。是暗送的群发。不知道怎么回事，我的公司邮箱好像进了那个群发里头。我想，说不定是和咱们公司有业务关系的人。"

"Nikai 嘛，嗯……想不起来。肯定是在什么场合跟你交换过名片的人吧。"

"是啊，我也是这么想的。可是没找到名片，压根儿想不起这个人。"

"属于隐私内容吗？"

"不是，全是要换工作之类的无关紧要的事。可是又跟我没什么关系，总觉得看了自己不该看的。"

"不需要的话，就干脆给他回封信不好吗？请他不要再写邮件来了。不过，这样好像也有点失礼。那就当电子杂志看也行啊。"

"电子杂志……"

"或者，以其人之道反击一下。一般来说，对于只交换了一次名片就再没有见面的人，忽然汇报自己的近况，有点厚脸皮吧？"

"就是啊。"我答道。要说厚脸皮也够厚脸皮的。在等候下一盘蟹肉沙拉转过来的时间里，我想，要不自己也厚着脸皮贸然给 Nikau 先生写一封邮件试试看？部门没有人事变动，下季度的工资没有改变，电子邮箱也继续使用……

寿司是隈江君请客。看着收款机显示的数字，我心里一惊。那是平日午餐极少见到的数额。

加班到九点半，离开公司回到公寓后，我看见红色的电话留言键一闪一闪。

这不是电话留言的信号，是通知接收传真。我一看显示的号码，没有见过，但还是塞进传真纸，打印了出来。

从出纸口出来的是图纸样的东西。其中两张是图纸，一张是写给什么人的信。信的抬头是"三岛设计公司"，发信者是"上田设计事务所"。下面的正文是有关存储柜里面的间隔变更之类的内容。噢，原来如此。我拿起图纸瞧了起来。在一排排四方形的四周写着细小的数字，看样子像是储物间的展开图，并且还用几乎无法辨认的小字注明：背板、胶合板内灯、聚氨酯涂料、带轱辘旋转挂钩、不锈钢配件两处等等。

肯定是传错了。我想把它给对方发回去，可是又吝惜那点传真费和按键的工夫。以前在公司曾经把传真错发到某人家里去了，结果被没完没了地埋怨了一个小时。所以，别说不予理睬，不提出索赔已经算便宜对方了。

拿它当废纸用得了，我这么想着，把传真放到桌子上，去洗手。然后换上家居服开始做饭。吃完饭后，我再次拿起那份传真。

为什么会发到我家里来呢？无论是 Nikau 先生的邮件还是这份传真，虽说纯属偶然，也让人心情不爽，总觉得被当成发信对象的自己浪费了发信人的时间。就拿这份传真来说，也没有实现其本身的传媒功能，沦落为记电话号码或者调味汁配料的废纸了。

在作为记事用纸使用之前，我想象了一下这张平面图变成立体的实物之后的样子，算是对误发来的传真的一种追悼吧。

就在组装好的储物柜摆放到教室一角的图景浮现在眼前时，手机响了。我一只手拿着传真，急忙从包里掏出手机一看，是哥哥打来的。

"喂，喂。"

"好久没见了。现在有空吗？"

"有空。"

"干什么呢？"

"没干什么。"

"周末我在东京，一起吃个饭？"

"什么时候？"

"周日中午或晚上。"

"中午合适。在哪儿？"

"东京站附近吧。"

"出差？"

"差不多吧。那就十二点在丸之内口等你。到了给我电话。"

"知道了。哥哥，今天我收到了一份发错的传真，你要是接到这种传真的话，会发回去吗？"

"是吗？什么内容的传真？"

"瞧着像是储物柜的平面图。是发给某个设计事务所的，却发到我这儿来了。"

"如果不是特别重要的内容，我不会理睬。"

"是吧。没有必要发回去吧。"

"没有，没有。扔了吧。"

"不光是传真，最近我还收到莫名其妙的邮件呢。"

"嚯，怎么跟事故多发的十字路口似的呀。回头见吧。"

"啊，等一下。"

"什么事？"

我沉默了。也不是没有想说的话，像工作啦、父母的近况等都想说说。不过，这些话并不像开了闸的水流那样感觉非说出来不可。

"没事。"我说完就挂了电话。况且等到周日见面的时候再聊也行。"我请你吃饭啊。"哥哥的兴致少有的好。

星期日，当我看到送来的包裹上的收件人是"宫田实先生"时，着实吃了一惊。

仅仅去掉了一个字，看上去就跟别人的名字似的。我在快递单上签了字，递给送货的大叔时，都没敢看他的脸。直到开封的时候，我心里还发虚呢。在发货人一栏里，写着和网页上一样的"长岛迈克"。

厚厚的信封里，装着用花花绿绿的薄纸包装的信纸、配套信封和贴画。跟我订的货一样，有金色罗马字拼写的首字母M·M。其中一个信封上用别针别着一张蕾丝图案的皱纸卡片，上面工工整整地写着"感谢购物，Michael NAGASHIMA"。

这位NAGASHIMA，说不定是个女的呢。

我一边想，一边从书架上抽出厚厚的相册，小心翼翼地揭开透明纸，在黑色的相纸上端正地贴上了一张信纸，然后再将揭开的透明纸原样覆盖上去。我凝视着在透明纸保护下几乎被永久固定下来的信纸，松了口气。

我的信纸相册，加上这本已经有十四本了。自从上小学时受同学影响开始收集以来，已经不知道究竟为什么收集它们了，只觉得看着相册里这些漂亮的信纸，心情就感到平静。我既不想展示给别人看，也丝毫没有使用它们的打算。手写的信，根本无法表达口头说出来的语言的轻快便捷。

把贴在邮政信封上的快递单放进碎纸机之前，我又看了一遍。宫田实。一个男人的名字。原来不是真名也能够送到啊。我仿佛生平第一次，将二十四年来一直陪伴我的名字的背面翻了过来。

进入四月，两个刚毕业的大学生进了公司。

这两个男孩子都戴眼镜，不胖不瘦的，让人有点分不清楚。早上，人事部长带着他们去各部门拜访了一圈，他们俩说话声音洪亮，很阳光。

"阿宫，能参加今天的欢迎宴会吧？"

喜多川前辈一边噗噗地吹着马克杯里冒着热气的海带茶，一边问道。托她的福，我每天都能闻到海边的气息。她曾经特别喜欢的带熊耳朵的马克杯，从这个星期开始被她手里现在拿着的苹果形马克杯取代了。兔子和松鼠笔插也不知何时变成镀锡的了。

"哎，去呀。"

"一起走吧。"

"啊，好的。一起去。"

"那就七点准时走。金城君也去吧？"喜多川前辈抬高嗓门问道。

金城君没有回头，大声地答应："好的。"

"七点出发。一定准时啊。"

喜多川前辈叮嘱了一句。这时，晨会开始了。

大家站起来，列队站在桌子之间的通道上。金城君后脑勺有一撮头发冲右边翘着，喜多川前辈憋着笑对我耳语："你瞧瞧，怎么把头发睡成这样啊。"我觉得耳朵直痒痒，使劲耸起了肩膀。

直到傍晚都一切正常，可是，一过六点忽然忙了起来。经销店发来的库存确认请求一个接一个，加上网上来了大宗订货，还有最后接的一个经销店来电要求务必在今天之内回复计划进货日。喜多川前辈提出给我帮忙，但向她说明还要耽误时间，便谢绝了。

"那我们先走了，阿宫。麻利点，早点干完赶紧过来啊。哎，金城君，完事了吗？我在门口等你，一起走啊。"

"好的。"我点头答应着，但心里知道怎么也得迟到一个小时。金城君的电脑响起了关机声。

"回头见，宫田小姐。"

金城君一边穿驼色上衣，一边笑着说道。他这件上衣可能

117

是新买的吧，笔挺笔挺的，穿着挺费劲。

"回头见。辛苦了。"

"樱花，开得好像不多啊。"

"哦。"

"有投诉？"

"嗯。"

"没事吧？"

"嗯，差不多吧。只等对方回复了。我想问题不太大。"

"噢，是吗？宫田小姐真是越来越会道歉了。那我先走了。"

喜多川前辈和吉冈小姐正在门口说话。金城君和她们俩会合了，临走时还回头扫了一眼写字间。

公司里的全体聚会，一年之中只有忘年会和这样的迎新会，所以只要没有紧急事务，大家都会早早结束手头的活儿去宴会场。写字间中央一带一个人也没有了。销售管理部里还没走的，只有二科的我和一科的住田君。

电风扇呼呼作响。我回头一看，固定在墙上的电风扇对着斜下方空无一人的桌子吹着风。我走过去用遥控关了电扇，还是有声音。原来里面的座位上边还有一台电风扇在旋转呢。

回到座位上，我思考了一下要干的活儿的先后顺序，重新开始工作，可是不习惯这么安静，脑子老是开小差。手放在键盘上，脑子却在想几天前那个星期日的事。

星期日，收到信纸后，我就去东京站和哥哥见了面。哥哥不是一个人，还有个穿着灰色派克大衣、留着长发的男人和他在一起。

"这家伙是我朋友。"哥哥这么一介绍，那个人声音很大地说："抱歉啊。我还是跟着来了。雅实小姐，见到你很荣幸。"说着低了一下头。寒暄之后，他还大声附和着我说的每一句话，听到我和哥哥说的一点都不可笑的事也哈哈大笑，插到我们的谈话中来。还没多大工夫，他居然自以为是地对我直呼起"雅实"来了。

后来，我真想问问哥哥："那个人是何方神圣啊？"可是一直懒得打这个电话。

那个人叫什么名字我也忘了。反正就因为那个人在场，我几乎没有工夫跟哥哥好好说上几句话。我向哥哥使了好几次"想回家了"的眼色，他却装没看见，没完没了地喝啤酒。

"宫田小姐，快完了吗？"

听见有人跟我说话，吓了一跳。原来是住田君，他已经穿好上衣，背上了崭新的挎包。

"对不起，我还得待一会儿……"

"是吗？很长时间吗？"

"不长，再有三十分钟就差不多了。"

"这样啊。那我先走了，没关系吧？"

"好的。没关系。谢谢。"

大致告一段落时已经八点多了。整个写字间里，包括我在内只剩下三个人了。

把每日报表用附件发给部长后，为了最后确认一下，我摁了收信键。来了两封新邮件。一封是那家经销店确认了库存后发来的致谢信。另一封题为"新的联络地址"，是 Nikau 先生发来的邮件。

  我是二饲。新的工作单位已经确定下来了。

  我准备在新的职场，参与构筑教育这一新领域的系统工程。

  四月一日就四十岁了。我将改弦更张，重新出发。

  还望诸位多多提携。

这位 Nikau 先生原来是四十岁啊。

这个信息首先刺激了我疲惫不堪的头脑。继而我又想到，新工作定下来了真好啊。他今天的邮件给人的感觉就像一般的公司业务邮件，大概是有人说什么了吧。在他的名字后面，是一大串和以前不一样的公司名称、所在地、电话号码等等。

我什么也不想做，目不转睛地盯着画面。以后 Nikau 先生还会继续发来邮件吧？只要我不吭声，我的邮箱便会一直存在他的地址簿里，接收他的近况报告吧？尽管我根本不认识他，尽管我从来没有"关照"过他，以后也不打算"提携"他。

无论是 Nikau 先生，还是哥哥和哥哥的朋友、发错的传真、经销店的投诉，都如同录音电话一样，只是单方面地将信息一股脑儿塞给我，而我什么也没有做。

我回头看了看，确认没有别人后，摁了回复键，把"二饲浩太郎"五个字复制、粘贴，加上"先生"之后，打起字来。

二饲浩太郎先生：

冒昧地回复您的来信。我叫宫田雅实。

从上个月起，开始陆续收到有关您近况的邮件。

我有个不情之请，由于有幸见到您的场合实在是……

一气写到这儿，就再也想不出下面的词了。

我抱着胳膊思考的时候，脑子稍微清醒了一些。"我忘了什么时候跟您见过面，请告诉我。"这样写的话，再怎么说也太冒昧了吧。即便照着《敬语指南》，使用最高级的敬语来写，也好不到哪儿去。

又有一个人离开了公司。靠墙一侧无人的地方，荧光灯熄灭了。

已经过了八点半，我关闭了回复的窗口，打算将 Nikau 先生的邮件存入"近况"文件夹，结果又摁了一遍回复键。

于是，由"宫田雅实"通往"二饲浩太郎"的白色画面又打开了。

我关闭了页面，关上电脑，准备回家。

走出电梯，来到外面，夜晚还是挺凉的。我扣上了上衣扣子，快步朝着据说樱花仍含苞待放的中央公园走去。

我一边走一边琢磨刚才的"实在是"下面的词儿，却怎么也想不出来。如果一直想不出该写什么好的话，可以用印有 M·M 的信纸给那个邮件里的公司地址写一封十分私人化的信，也可以拨打他的手机。有兴致的话，还可以等候在他的公司门口，问他一句："你到底是谁呀？"

不光是 Nikau 先生，还有不少人也可以照此办理。那些交换过名片或饭桌上认识的，最后互相点头一笑告别之后，就再不会想起名字的人。正如我把那些人逐渐忘却一样，宫田雅实这个名字也在各处被人忘却着吧。一想到有时候刻意隐瞒的名字却在消失，便想设法把它拯救回来了。

许多从楼里出来赏花的人在十字路口等绿灯。我走上过街天桥，在灯光下的公园里搜寻熟悉的面孔。

徒

劳

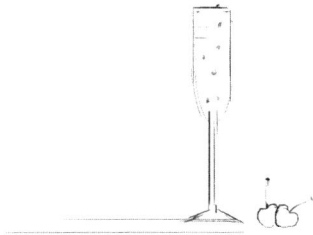

滴完眼药之后，阿久津从车上下来，摁响了三〇三号房间的门铃。

　　没人答应。他一手抱着茶色包裹，一手从腰包里掏出再次投递的单子和圆珠笔。圆珠笔写不出字来，没法使了。这支笔还是在滴眼药之前，刚刚从扔在副驾驶座上的两支圆珠笔里拿来的，可也没水儿了。

　　"什么事？"

　　从对讲机里传出一个女人的声音。阿久津对着小显示屏恭敬地报出快递公司的名字。自动门开了。他快速道了谢，走进正对面的电梯。

　　三〇三号房间是最靠近电梯的一家。一按门铃，一个穿着臃肿家居服的女人开了门。阿久津给她看了一下茶色包裹，又指了指发票上的小圆圈，女人捏着印章的手伸了过来。在这短短的两三秒钟里，阿久津越过女人肩头窥视房间里头，从冰箱、桌子、纸箱旁边散乱的拖鞋一直看到她的脚下，她穿着袜子踩在玄关里的一双黑鞋上。

她看着快递单的寄件人栏，吐了口气。刚刚起床的人呼出的腥臭气息从阿久津脸上的五官通道穿行而过。不管他什么时候来送邮件，这个女人都是刚刚起床，都呼出同样味道的气息。

"谢谢。"女人用盖印章的手接过包裹，也不看阿久津就关上了门。锁门的声音响了两次。阿久津对着关上的门道了谢。

走出公寓大门，他做了个深呼吸。窥视那个女人房间里面，这还是头一次。他从院内的自动售货机买了罐咖啡，抬头看了一眼刚刚离开的那个房间，感觉咖啡的口感比以往要难喝。

他钻进靠在路边的邮车，在发动汽车之前，打开手机看了一眼。

他六点回到事务所，见馒头般虚胖虚胖的办事员正一个人悠然地看电视。画面是某个公园盛开的樱花和在树下一边吃喝一边赏樱的人们。

"啊，回来啦。樱花好像开了有八分了。"

阿久津不知道这个姓大村的男人具体担任什么职务。

大村负责会计事务、与总公司联络、给快递员排班等等，反正一天到晚待在事务所里。赶上他心情好的时候，会给送快递回来的人凑合着沏上一杯茶。今天没给沏。

"阿久津君，这期也有你的画儿呢。"

电视画面变成广告后，坐在转椅上的大村转了个方向，从桌旁的杂志架上拿起一本杂志晃了晃。

"这回你画得也挺像的。虽说是二等奖，可我瞧着，绝对比一等奖这个家伙强。怎么比也是你更有画画儿的天赋啊。真是的，这评委也太没眼光了。"

大村翻开杂志最后一页，指着读者投稿的肖像画说道。阿久津对这一期登载了自己的画儿并不感到吃惊。出刊那天早上他已经看到了。

"这是第几次了，上杂志？"

"大概第七八次吧。"

"这七八次，是投了几次稿子得来的呀？"

"记不清了……从几年前开始，每期都投，没有数过。"

"投了那么多次啊？"

大村皱起了眉头，见阿久津没有回应，自我解嘲似的夸了句："真是个不错的爱好啊。"又把视线转回电视上。

"对不起，我下班了。"

"哦，辛苦了。"

阿久津从大村身边走过，去整理快递单和打卡时，瞄了一眼摊开在桌上的肖像画专栏。那里面登出了几周前他投稿的喜剧演员肖像画，作为二等奖，占了八分之一大小的页面。获优秀奖的松田宗吉是每月必登一次的老资格了。这回他的画作是把一个最近因贪污被媒体热炒的政治家画成凶恶的杀人犯模样。松田擅长极尽恶意讥讽之能事来描绘人物面相。阿久津不喜欢他的画。虽说如此，阿久津对肖像画的哲学之类并不感兴趣，对成为描绘对象的电视中的人物也不抱任何兴致。他既不自负地认为自己具有绘画才能，也没有百尺竿头更进一步的欲望。他最关心的，只是自己画的画儿能否登载在这家全国发行的周刊杂志上。

阿久津今晚要和一位叫弥生的女人见面。

阿久津在更衣室里脱掉工作服，立刻看了一下时间，匆匆走出了事务所。从事务所到家骑自行车连十分钟都用不了，可他的心情却很急迫。因为他要洗个澡，还要最后亲眼确认房间里的状态，以备万一。

一打开房门，就看见了理沙。她穿着一身运动衫，手里拿着纸袋，站在靠近门口的地方。

"抱歉，我本来想趁你不在的时候走的。"

理沙目光闪烁地看着阿久津说道。

"来收拾你的东西？"

"嗯，打算收拾一下拿走。"

"我马上要出去，你接着收拾好了。"

"是吗？"

阿久津装作去拿桌上的纸巾，凑近理沙使劲闻了闻，想确认一下她身上是不是没有气味。理沙是个从来不让自己身上有食物以外的气味的女人。

"我一会儿就收拾完，不用介意。"

理沙弯下腰，她那圆滚滚的身体变得更圆了，就像捡橡子似的开始收拾私人物品。阿久津从冰箱里拿出一瓶碳酸饮料，对嘴喝起来。

真烦人，来拿东西也不挑个时候！他满腹不快地把饮料放回冰箱，去浴室脱衣服。但愿她在我洗完澡之前能走。最后离开这屋子的人必须是我才行啊。虽说她是个没有气味的女人，可万一留下什么带女人味儿的东西就糟糕了。为了今天的事不出岔子……还有，得收回她那把钥匙……阿久津三下两下洗完了头发和身子，用喷头冲了冲卫生间的地面。

阿久津裹着浴巾回到房间里，看见理沙正背对着他直直地站在屋角，纹丝不动，吓得他一哆嗦。他又打开冰箱，拿出那瓶饮料。攥着饮料瓶凹陷处的分量和手感，就像拿着根棍子似的令他心安。

阿久津对着理沙的后背问："收拾完了？要帮忙吗？"

"不用，已经完了。"

理沙回过头来，盯着阿久津近乎赤裸的身体。

"那就……"

"我可能还来呢。厨房还没好好看呢。"

"还是今天好好看看吧。省得跑两趟了。"

"可是东西太多了，这次已经拿不动了。"

理沙手里拿着的纸袋塞得鼓鼓囊囊的。她再一次从下往上打量了一遍阿久津的身子，他感觉如同被有害电波传导了一遍似的。

"房间里怎么这么干净啊？"

"啊？"

"看样子收拾过了。"

"哦，昨天打扫了一下。"

"待会儿你要去哪儿？"

"啊？"

"你耳朵不好使了？我问你待会儿要去哪儿？"

"噢，去见个朋友。"

"去看樱花？"

"也不是……"

理沙低沉地哼了一声，朝玄关走去。

她自己决定和阿久津结婚，是大约半年前的事。

一做出这个决定，她每个月都买来大厚本的结婚信息刊物，堆放在电视机旁边。受邀参加朋友的婚礼后，她总是将得到的赠品一一摆放在地上，然后伸直累得浮肿的腿，绘声绘色地向阿久津描述那是个怎样令人激动不已的场景。每天晚上，她都做好丰盛的晚餐等候阿久津回来一起吃，无论等到多晚。阿久津的心开始远离她了。

　　渐渐地，阿久津开始夜不归宿，于是理沙刨根问底地盘问起来。这种问答有时会一直持续到次日早晨。虽然无论是阿久津还是理沙都困得睁不开眼睛了，可是，如果谁先说"今天先到这儿，睡觉吧"，就等于谁认输了。后来，阿久津干脆不回家了，短信电话一律不应。这种胶着状态持续了一个月后，一直责备阿久津变心、强调自己的奉献精神的理沙忽然软了下来，变回了两人刚认识时温柔可人的理沙。阿久津的心微微动摇了。可是，就在这段时间，他收到了弥生发来的第 N 个短信。他凭着从中获得的活力，将自己对理沙的冷漠变得更加深不可测，使她愈加身心疲惫。终于在一周前，成功地使她自动提出分手，从这里搬出去了。

　　"我今天还想再来一趟，可以吗？"

　　在玄关听她这么一说，阿久津立刻回答："那可不行。"

　　"为什么？你不是出去吗？"

　　"不行。你再找别的时间来吧。"

　　"什么意思？"

　　"什么什么意思……"

　　"因为，朋友要来？"

131

"朋友"这个词，理沙说得就像语文教师那样吐字清晰。她两眼射出逼人的目光，阿久津的身影快要被印在雪白的墙壁上了。他握紧了手里拿着的碳酸饮料瓶。

"是啊。"

从理沙提着的纸袋里露出了长柄炊具的木柄。如果厨房用品都被理沙拿走，以后就没法做饭了。难道还得重新置办一套吗？就算是这样，现在哪有心情跟她理论可以拿这个，不可以拿那个。实在懒得答理她。

阿久津虽然交女朋友，却不会和女人相处。即便喜欢上某个女人，时间长了，也必定会对她感到头疼。

她们一上街就没完没了地要喝咖啡，聊自己朋友的朋友的八卦，只因为没夸赞她的发型就忽然闹起别扭，真是不胜其烦。还有，少言寡语也成了罪过，让他无所适从。被问及"今天怎么样"、"吃什么了"的时候，他如果问一句答一句，对方就会抱怨："怎么对我爱答不理的呀？"使他兴致全无。虽说世上并非所有的女人都是这样，可是阿久津交往的几乎清一色是这类女人。她们如出一辙地照料他的起居，花他的钱，满足他的欲求。甚至让他觉得，原来我需要的就是这样的女人啊。一旦产生这样的想法，他便会无比强烈地感受到自己的卑微，出于逆反心理，便对这个女人之外的人热情起来。

理沙默默地走了出去。

阿久津放下心来，稍微收拾了一下房间，在理沙刚才站过的地方使劲挥舞胳膊驱散气味，然后穿上洗得干干净净的衣服，比预定时间晚了五分钟走出家门。

刚来到约定会面的地方，他就收到了弥生发来的短信："抱歉，大概晚十五分钟。"后面是一串点点。阿久津回复"没关系的"，尽力使激动的心情平静下来。

弥生现在会是什么样啊？从以往的短信来看，好像是在某个出版社工作。可是，她现在头发有多长了，穿什么衣服来，阿久津完全想象不出。说实话，就连弥生的模样都模糊不清了。他只记得她那双大大的眼睛和整个人耀眼的感觉。而且，只记得她的眼睛大大的，却不记得是什么样的眼睛。最令他害怕的是弥生还能不能认出自己来。大学毕业以后，阿久津的体重增加了近八公斤。他害怕看到弥生脸上现出幻灭，弥生该不会把他想得过于美好了吧。

弥生虽说是他大学时代的同学，两个人却从来没有单独见过面，绝对不是像今天这样一起去吃饭那种关系。

第一次和她见面是在入住大学宿舍的联欢会上。男干事给他们介绍之后，他们只交谈了三言两语。联欢会上，在对环境还很生疏的安静的学生之中，谈笑风生、十分活跃的弥生给阿久津留下了轻浮的印象。散会的时候，他夹杂在许多人中和她交换了手机号码。可是第二天，给阿久津发来短信的并不是弥生，而是坐在她旁边的一个不起眼的女生。不久，两人就开始交往了。

　　然而从那以后，阿久津一直很留意校园里的弥生。弥生长着一张引人注目的漂亮脸蛋，但仔细一看，两只眼睛的间隔很窄，眼睛很大，嘴却特别小，这副漫不经心也不协调的长相让当时的他很着迷。也许是性格招人喜欢吧，在校园里，她身边总是围着一群男女朋友，男友也走马灯似的换个不停。随着年级升高，弥生的个子也在长高。炎热的季节里，她穿着裙子，双腿显得很修长。阿久津在教室里经常坐在弥生的斜后方，那个位置能够看清楚她的全身。

　　临近毕业时，在论文小组的结业聚会上，阿久津偶然和弥生编在了一组。他觉得这是最后的机会了，便下决心坐在了弥生旁边，夹在其他同学中和她聊得还挺投机。回到家后，他借着酒劲给弥生发了个短信："今天很愉快。什么时候还一起喝酒吧。"没有收到回复。每当响起短信声，他便紧张地打开手机，可全都是拖拖拉拉交往了四年的女友的无聊信息："你现在干吗呢？"他一边回复，一边想，要是在第一次认识弥生的那个联欢会上，跟她再近乎一些，恐怕就不会是今天这样的结果了。这四年里，他头一次这么后悔。

　　没想到，毕业三年后，阿久津才收到弥生发来的短信。她说在某周刊的肖像画专栏里看到了阿久津的画儿。他吃惊极了，差点把短信删掉。那张在事务所里闲得无聊才画着玩儿的肖像画，被杂志刊登出来有两个多星期了，店里应该已经没有卖的了。估计她是在哪家医院的候诊室里看到的吧。认识阿久津的人没有一个注意到他的画，并给他来电话，所以他既吃惊又高兴。想起快毕业时那条没得到回复的短信，他也闪过不予理睬的念头，最终还是觉得怪可惜的，就简短回复了一下，没有收到她的回复。

但是后来，每当阿久津的画儿上了杂志，就会收到弥生发来的短信。

起初只是"又发表了呀，我看到了"的程度，逐渐加上了"画得真像"、"不怎么像"以及"你的画儿是我心里的优秀奖"、"下次你画某某吧"等等。直到一个月前，弥生终于问出了"你现在做什么工作"。那时阿久津正处于和理沙闹分手，对变得温顺的女友刚刚有些犹豫之际。他回了短信，这次竟你来我往了十个来回，于是对理沙的恻隐之心被消除得一干二净。

四天前，弥生手里拿着刊登阿久津最新画作的那期周刊，发来了"见个面好吗"的邀请。

"啊，阿久津君？"

弥生不到十五分钟就现身了。由于精神准备不足，阿久津不由自主地用审视的目光瞧着弥生发愣。弥生张开了双臂，阿久津以为她要拥抱自己，身体僵住了。

"哎呀，真是你啊！"

弥生露出整齐的牙齿笑着招呼阿久津。他虽然意识到自己表情僵硬，好歹还是翘起了两边的嘴角。

"阿久津君，没怎么变哪。好像稍微壮实了点儿。不过，我一下子就认出来了。"

"是吗？你也……"

说到这儿，阿久津发觉还没想好管弥生叫什么呢。于是，他支支吾吾地重新打量弥生的脸。

"真是好久没见啦！你好吗？看你挺精神的。"弥生好像并不介意他想要说什么，拍着他的胳膊说，"今天天气不错，太好了。晚上也一定很暖和吧。待会儿咱们去看樱花好吗？"

"好啊……"

"不过，咱们还是先去那边找个地方吃饭吧。"

弥生歪着细细的脖颈，等着阿久津回答。他刚一点头，弥生便挽住了他的胳膊，转身朝那个方向走去。

尽管好几年没见了，弥生却一边走一边不停地说着。她还是像以前那样爱说话，但阿久津附和着，心里怦怦直跳。这个穿灰色套装的弥生……有让人忍不住回头的曼妙身材、快人快语的女人，一如往昔地潇洒，见多识广。阿久津拼命想将学生时代的弥生和眼前的弥生重合起来，然而，现实中的弥生就在他身旁，是一个令他兴奋得由内向外冒火般的存在，而大学时代的弥生却消失在了白雾缭绕的彼岸。

她带阿久津去的地方，是居民楼地下一家居酒屋风格的小店。围在柜台中间的操作台前，一位高个子厨师正在收拾鱼。

"这里可以吗？"

落座之前，弥生问道。

"相当好啊。"

"我喜欢吃鱼，常和公司的同事来这儿。"

两个人要了啤酒干杯。阿久津不能喝酒，只是抿了一小口，就把扎啤杯推到了一边。

"好了，说说吧。"

弥生用筷子夹起小碗里的海藻，注视着阿久津的眼睛说道。

"说什么？"

"说什么？互相通报一下近况吧。虽然通过短信知道了一点，再说一说吧。毕业已经五年了呀。再说咱们在大学里的时候，都没怎么说过话，对吧？除了最后那次聚餐外，都没有什么机会……"

"是啊。"

"你和大学时的同学现在还有联系吗？"

"有啊。有几个人。"

"大概有谁呀?"

阿久津说出了三个大约一年聚上一次的同学的名字。弥生一个也不认识。不过,弥生提到的经常见面的同学中,阿久津认识好几个,其中包括第一次和弥生说话的联欢会上那个干事。

服务员来了,弥生一气点了好多菜。

"我现在在一家小出版社工作,专门出版像教科书啦、参考书啦之类的教育书籍的地方。我在营业部工作,所以每天不是跑大学就是跑书店。为了推销图书,还去了咱们大学好几趟呢,可老师们很少买教材。从早跑到晚,累得都不想干了。不过,能工作就是幸运啊,对吧? 阿久津君呢……"

"我的工作是物流方面的。"

"物流?"

"就是送快递的。"

然后两人又互相问了一些对方的工作情况。阿久津觉得自己今天的话特别多。这恐怕是因为弥生做了五年营销工作,掌握消除对方的警惕、缩短心理距离的技巧吧。他不由得警觉起来。

"那你会去各种各样的人家送快递吧?"

菜上桌了,弥生不怎么动筷子。阿久津为掩饰自己的手足无措,不停地给她夹菜,给自己夹菜,一直不停地吃,还不时挪动酒杯的位置。

"是啊。每个人负责的区域是固定的，所以每天去的都是那些地方。"

"这么说，谁住在哪儿等等，那一带的人你基本上都认得了？"

"经常去的人家，差不多吧……但只靠名字和建筑物来记，因为不怎么仔细看人家。即便在街上碰见，人家可能认得出我是那个经常来送快递的家伙，可我就认不出人家是谁了。因为多数人在家里的时候，几乎都是一副懒散的表情。只是……"

阿久津想起了今天去的那个穿着臃肿家居服的女人的家。

"只是？"

"对各家的气味，都能分辨出一些来了。"

"气味？"

"有的人家，一打开门，就能闻到特有的气味。这就是各家的味儿，或者说是生活在那个房间里的人散发出来的气味吧。有时候即使地址记得不清楚，但只要来到某个人家，就会想起，啊啊，我来过这家，闻到过这个味道。"

"那么，如果让你在这里闻一闻其中某个人家的气味，也能辨别出是谁家的吗？"

"差不多吧。"

弥生半信半疑地眯起眼睛没有说话。阿久津心想，虽然顺着话茬给出了肯定的回答，但如果真做这个实验，自己恐怕什么气味也分辨不出吧。

"为什么问这个呢？"

"送快递的人，总是让人有点担心。大概是觉得他们可能知道很多人的隐私。因为是完全不认识的人，却看见了我的房间里面，还知道我什么时候从什么地方买来了什么东西。而且邋遢的模样、素面朝天的模样等等，全都看见了啊。怎么说呢，感觉就好像是通过送货，把我的隐私随便给换走了似的。"

"不是那样的，其实一般来说，我们才不去看房间里头或收件人呢。一是想赶紧送完货走人，二是因为要求再次投递的电话一个接一个，没那个闲工夫……谁想打探别人的秘密啊。"

阿久津仿佛感受到了弥生的戒备，寻找着更有说服力的话。但弥生笑着继续说道："其实，你们心里想的是最好每家都没有人，对吧？虽说像我这样自我意识过剩的人可能比较多，但快递员其实也不想看到别人没有防备的样子吧？知道不该以包裹为交换，强行把别人的秘密拿走……"

阿久津哑然了。

无论出来接邮件的是什么人，他一般都尽量不去看收件人背后的情景。就像医生和侦探有义务为病人或委托人保守秘密一样，这算是一种职业操守，他自己这么认为。像今天这样有意识地窥探穿厚家居服的女人家里头的时候是极少有的。不过，在窥视时隐约感受到的对别人生活的厌恶，才是使自己的视线移向别处的动力吧……阿久津脑中混乱起来。

"抱歉,我的问题很古怪吧? 好久没见了,一见面就问这些,真是抱歉啊。"

弥生笑着再次拍了拍阿久津的胳膊。

"对了,关于阿久津君的画。"

关于工作的话题告一段落后,弥生侧过身来,靠近了阿久津一些。他的心颤抖了。他能看见近在咫尺的弥生唇间正在咀嚼油炸白肉鱼的牙齿。她那曾经从斜后方远观的美腿,现在近得手随便一动都会碰到。那么遥远的弥生,过了五年之后,竟然就坐在自己右边,简直恍如梦境。

阿久津的耳朵里听见了不知哪里发出的拍手声。他看了看自己的右手。就是用这只手,拿着彩色铅笔在明信片上画出一大群人物,投进了事务所门前的邮筒里。拍手声好像是从那个邮筒里传来的。

"啊,那本杂志,我早就想问你,你是在哪儿看到的? "

"为了约人谈事情,偶然去图书馆消磨时间看到的。是不是太巧了? 因为你用的是真名,所以我马上就知道是你了。一高兴,就给你发了短信。我猜,除了我之外,绝对没有其他同学发现。"

"真是这样。大学同学里除了牧野小姐你以外,还没有人看到呢。"

"真的？你都登了那么多次了，怎么会呢？果然只有我一个人看到啊。"

"只有我一个人"这句话和第一次称呼弥生为"牧野小姐"使阿久津感到兴奋。他找回了学生时代的感觉，稍稍向后撤了撤身子，调整坐姿，以便更全面地观察身边的她。

"我真是高兴极了。虽说是无所事事才画的，并没有指望别人能看到，万万没想到牧野小姐发来了短信，真把我高兴坏了。"

"可不是吗。在大学的时候，咱们虽然交换了号码，却一次也没有发过短信啊。"

虽然弥生这么说，其实她应该接到过一次阿久津发给她的短信。可现在指出这一点，就显得自己太不通人情了。

"没想到几年后咱们能有机会再次相见，真是不可思议啊。"

"是啊。"

"这就叫缘分吧？"

弥生用筷子夹起最后一片炸鱼，对阿久津莞尔一笑。他慌忙垂下眼睛，盘子边角上被炸鱼面衣弄得一片狼藉的调味酱映入眼帘。

聊天的时候，弥生不时摩挲两下戴着细项链的脖颈到前胸的皮肤，好像不太舒服似的。阿久津浸润嘴唇般抿着喝不惯的啤酒，一点点减少着扎啤杯里的酒。这么喝着喝着，他渐渐地忘却了那些女人曾经有哪些地方让自己无法忍受了。眼前这个女人到底有什么让自己受不了的地方呢？弥生和自己以前交往的女人完全不一样。她知性洒脱，个性独立。自己为什么没有早一些去追求她呢？弥生的手指、后背的线条、耳朵的轮廓……离得这么近一看，他才真正明白，自己以前那么投入地从斜后方注视她这些部位，原来都是为了今天。其实自己并没有忘记弥生的身影，只不过是尽力将这回忆像劈柴般堆积在看不见的地方罢了。这些劈柴现在终于开始燃烧了。它们散发出的热量解冻了长久以来处于假死状态的恋情，让它沿着阿久津的脊梁骨流淌下来。

"啊，不行。看来长时间戴还是不行啊。"

"怎么了？"

"这个项链呗。因为今天要和阿久津君见面才戴上它的，看来还是戴不了。这几年，我金属过敏得厉害。也许工作太累了吧。"

弥生摘下项链放进手袋里，然后又用手心摸了一下光光的脖子。阿久津在几十厘米之外瞧着她发红的脖子，确信她心里也在起着某种变化。

弥生喝起了烧酒。

阿久津打算考虑一下接下来会怎样发展。但由于酒精的作用，脑子不听使唤。扎啤杯里还剩两厘米深的啤酒，可是，他的心脏就像安装了扩音器一般，咚咚直响。

"对了，阿久津君。说起大学时代的事，你交过一个女朋友吧？"

"你是说松永小姐？"

"对了，松永小姐，松永……"

"佳奈子。"

"对，松永佳奈子。我吧……"

弥生舔了舔嘴唇，直勾勾地盯着阿久津的眼睛。

"什么？"

"现在我可以告诉你了，我那时候特别喜欢佳奈子小姐。"

沉默了片刻，弥生笑了。她说的是真的，还是在开玩笑，阿久津判断不出来。他的目光游移在她那鼓鼓的鼻翼和耳朵的轮廓之间。

"什么？你喜欢她，怎么喜欢？"

"我说的喜欢，是一般的喜欢。怎么说好呢？就像恋爱那种感觉。"

"恋爱？"

"可是，她和你谈恋爱了呀，所以……"

"牧野小姐，是那个……"

他结巴着，弥生仰头大笑起来。

"我也不知道我是真心还是什么。不过，到现在为止，我交往的都是男人。我特别喜欢男人。只是佳奈子有点特别。她是个不错的女孩子吧？你们为什么分手啊？我很喜欢阿久津君和佳奈子这样的组合。可是，听说毕业后你们就分手了……"

弥生的声音就像被看不见的坠子吊着似的，逐渐慢了下来。阿久津内心产生一股冲动，想用手将她那半张的嘴里说出来的话堵回去。弥生仿佛要给他这种冲动打上根粗木桩似的，将最后一句话格外清晰地说了出来。

"我觉得很遗憾！"

弥生旁边的顾客在喊服务员。服务员没有过来。"喂！"男人烦躁的喊声在店里回响，阿久津这才清醒过来。

"遗憾？你们关系那么好吗？"

"我和佳奈子一年级的时候住在一个宿舍楼里。厨房是公用的，夜里经常有好多女孩子聚到那儿山南海北地聊天。佳奈子很内向，不怎么来。不过，有时候她来烧开水。女孩子们拉着她不让走，她就笑呵呵地留下了。我第一次见到佳奈子就觉得她特别可爱，所以趁着人多的时候，我经常坐到她身边问这问那的。比如，你是哪儿人啦，将来想干什么啦，喜欢的男孩的情况……你和佳奈子是从一年级的夏天开始交往的吧？就是联欢会后不久。其实在那之前，她就喜欢你了。"

"啊？松永小姐跟你说了好多关于我们的事吗？"

"你现在管她叫松永小姐啦？"

弥生又笑起来。微微发红的眼白，眼看就要流到脸颊上了似的。

"真难为情。这么说，什么都瞒不过牧野小姐你了？"

"哪里，也不是什么都知道。因为佳奈子特别特别谨慎。阿久津君的坏话一句也不说。听她一说，我觉得佳奈子真心喜欢男朋友，而男朋友也特别爱佳奈子。佳奈子说话和别的女孩不一样，完全没有那种显摆的感觉，就像在听南国海岛上朴实的当地人讲新鲜有趣的故事。"

阿久津忽然不安起来。他第一次知道，自己曾经交往的女朋友竟然对弥生小姐说过他们之间的事。他把已忘得一干二净的松永佳奈子的模样从记忆的深海里拽了出来。可是一向作风泼辣、总是被朋友环绕着的弥生与不起眼的佳奈子怎么也连不起来。

"我怎么不知道你和松永小姐曾经是好朋友的事。她从来没有跟我说起过你啊。"

"那还不是因为你没有问过。"

"也许吧……"

佳奈子的确是个少言寡语的女孩。即便很喜欢对方，但是比起两个人在一起说话来，她更看重待在同一个空间里。这么老实本分的女人居然在那个没说上三言两语的联欢会之后给他发来了短信，令阿久津颇感费解。

"后来呢？怎么忽然说起松永小姐来了？出什么事了？"

"也没出什么事。只是说着说着忽然想起来了。不过，你们分手的时候，她肯定特别特别伤心吧？"

弥生旁边那位顾客对服务员絮絮叨叨地发着牢骚。她扭头瞅了一眼，扬起眉毛，耸了耸肩。多亏了她这个夸张的动作，阿久津似乎无须再回答这个问题了。弥生为了逃避旁边的噪音，使劲贴近阿久津，接着说了起来。

"后来吧，这话说起来有点那个，但现在说也无妨了。听佳奈子谈论你的时候，我吧……我这个人总是这样，就会喜欢上自己喜欢的人所喜欢的人。佳奈子说的全是阿久津君的优点，所以我更着迷了。让佳奈子这么喜欢的阿久津君是个什么样的人呢？于是我就有意识地观察起你来了……"

阿久津找不到合适的话回应，拿起了酒杯。刚才这一段有头无尾的台词意味着什么呢？尽管身体在拒绝，阿久津还是喝了两口苦涩的液体，而且没有将酒杯放下，依然贴在嘴唇上。

"不过，我不想横刀夺爱。毕业以后，听说你们已经分手的时候，我很伤心，但不光是伤心，后来还常常想起阿久津君，甚至想过给你发短信呢……可最终还是没有勇气这么做。后来偶然在图书馆里发现了那本杂志。这使我知道了，我和阿久津君早晚有一天还会重逢的，这就是命运。"

"什么命运啊，哪有那么夸张。"

"我真这么想的。难道你觉得不正常吗？"

"不，没觉得……不正常。"

"真是不可思议啊，每次听佳奈子谈论阿久津君，我都觉得自己和你在本质上十分相似。"

"可是，毕业前夕的那次聚餐上，我怎么一点也没有这种感觉……"

"我不是说了吗？我喜欢你们两个人哪，所以不愿意插一脚。其实，我更想跟你多聊聊，可担心要是顺利发展下去的话，就会把所有事情搞得一团糟。"

"可是，那时候你的男朋友呢？你那时也有男朋友吧？"

"有男朋友，就不会产生这样的感情了吗？总之，那时候你们两个人很特别，我的心情也是很特别的。我不想对别人诉说或轻易表现出来，削弱这份珍贵的感情……"

阿久津差一点就把手放到已经紧紧贴着自己膝头的弥生膝上了。弥生等着他这个动作，阿久津意识到了。他从那微微低垂的眼角和说完话后短暂的沉默中看出了这个兆头。

"所以，今天我特别高兴。终于可以这样和你重逢了。"

两个人走在夜晚的街道上。

提议看完公园的樱花后再去看一处樱花的人是弥生。

阿久津等待着弥生再一次提起肖像画。如果她再提起这件事，他便打算就那个宏大的目的进行告白了。

弥生的手背稍稍碰到了阿久津的手背。弥生是故意这样做的。她大概是想让男人主动抓住自己的手吧。阿久津凭着仅存的一点冷静抗拒着这个诱惑。他稍稍拉开了一点距离，放慢脚步走在弥生侧后方，从这个角度凝视着那双犹如在水中缓缓摇曳的玉手。大学时代，每当弥生从面前走过，他都会盯着她手和胳膊的轮廓以及裸露的美腿看。工作以后，每当肖像画登出来，收到她发来的每一条短信，心都怦怦乱跳。他恨不得将每条短信都锁起来，保存在不输入密码就不能看的地方……今天，阿久津终于弄明白自己这么做的理由了：弥生才是自己的最爱。以前那些女人就好比是为了迎接弥生到来的鼓乐队。这么说来，自己一直忽略了即将到来的主角，净忙活那些笛子啦大鼓啦什么的了。原来自己早晚都会感觉不再需要那些女人的根本原因在这儿呢。

"再往前走一点，有一个樱花多的公园。"

弥生的声音融入春夜的空气，飘进了阿久津的耳朵。他感觉耳朵眼儿仿佛被柔软的纤维抚弄了一下。

"哪边？我对这一带可一点也不熟悉。"

"我记得从前面那条小路拐过去就是。要是没有的话，别怪我啊。"

"没事。找不到也无所谓。走吧。"

樱花的香气缭绕在晚风里。朝前望去，楼群间隙中出现了路灯照射下的樱花树。一阵大风刮来，细小的花瓣一齐朝着阿久津飘飞而来，迷住了他的眼睛。他拉起了弥生的手，弥生也慢慢拉住了他的手。

　　"那张肖像画……"

　　拉着弥生的手，阿久津放了心。他终于忍不住自己提起了那个话题。

　　"什么？"

　　"那张肖像画，牧野小姐发现的那些肖像画。其实，那些画儿就是为了那个画的。"

　　"为了那个？"

　　"为了让……牧野小姐你看到。"

　　"为了什么呢？"

　　弥生为了给他鼓劲，稍稍用力摇晃了一下握着的手。阿久津的心膨胀起来。

　　"最初并没有这么想，真的只是随便画着玩儿的。可是，自从你看到我的画儿发来短信后，我就想，只要能够登出来，就有可能还会接到你的短信，于是抱着这个希望，这些年来每周都投稿。我想，只要继续下去，说不定有一天会这样见面的。"

　　"真的吗？"

　　弥生没有再说什么。也许是不太相信吧。为了使这话更可信，阿久津急切地往下说：

"刚才我没有说，我虽然跟松永小姐交往过，但是从一上大学起，我就一直喜欢牧野小姐你。毕业前夕还给你发过一次短信呢。你没有收到？"

"嗯，收到了。"

她嫣然一笑。阿久津刹那间有些惶惑。刚才自己没说过大学时代一次也没给她发过短信吧？还是现在一提，她才想起来，觉得不好意思呢？

"你看，今天咱们俩就像约会似的。太好玩了，真叫人高兴。"

"我也很高兴。"

这番对话产生的异样感，似乎归根结底都是自己这方面的问题。弥生的表情让阿久津安心。他想，先不去作无聊的推测，暂时放开弥生的手，去搂她的肩膀或者腰。可他又担忧起自己身上的气味来。临来之前冲了澡，可刚才在居酒屋里好像流了好多汗，现在互相拉着的手心里也汗津津的了。阿久津诅咒起自己爱出汗的体质来。去过现在要去的"不错的店"之后，不知会怎样发展呢，但无论去哪儿，都必须先冲个澡吧。

"你和佳奈子小姐也这样在夜晚散过步吗？"

她又提起了佳奈子，阿久津稍稍感觉不快。对男人很早以前的女友感到好奇，只有这一点，弥生也和以往的女人一样使他感到遗憾。

“大概有过吧。但不用再提松永的事了。难得现在咱们两个人在一起。”

“你和佳奈子已经不联系了吗？”

“不联系呀。分手以后，一次也没有联系过。很长一段时间，她时常给我发短信或打电话，因为越来越频繁，我就设置为拒接了。我们分手的事你是听谁说的？”

“你还记得咱们同学里有个爱搞怪的男生吗？网球社的，毕业时表演喝伏特加喷火，还脱光了往沼泽地里跳的那个男生……”

“啊，当然记得了，就是那个喜欢出风头的家伙吧。叫什么来着？上课的时候常常碰见，在联欢会上当司仪的也是他。那小子……叫什么名字来着？啊，对了，刚才说到有联系的同学时，你还提过那家伙的名字呢。”

“伊藤君。”

“啊，对了，就是伊藤。好像听谁说过，他在一家挺厉害的外企工作。这么说，我们的事是伊藤告诉你的？那家伙怎么消息这么灵通？”

“我想，你可能还不知道。”

弥生顿了顿，看着阿久津的脸，然后用力握紧了手，一口气说道：“伊藤君和佳奈子，在你和佳奈子分手后交往过很短一段时间。与其说是交往过，不如说是照顾过她吧。不过时间非常短。佳奈子当时状况很糟，所以伊藤君也好我也好，都不能看着不管。"

"啊？这是怎么回事？"

阿久津有些发蒙，但很快就明白了个大概。虽不知事情的经过是怎样的，但如果是那个伊藤救了佳奈子，就应该感谢人家吧。他对佳奈子不无歉疚，但一想到在自己不知情的时候，她幸运地被人拯救了，自己那些愧疚也就没有用了。

他觉得非常滑稽，不由得笑了起来。

"嘿，这么回事啊，那可太好了。身边正巧有个热心的家伙照顾。伊藤那小子，原来是那种人哪。让人讨厌的人和老实巴交的人说不定还是桩良缘呢。既然这样，干吗不干脆结婚呢？"

"可是，伊藤君和我结了婚。"

"什么？"

阿久津感觉时间停止了。弥生露出了笑容。

"对于毫无顾忌地开这种玩笑的女人，必须以同样不屑的态度来回敬。"阿久津脑中有个声音在说。于是，他竭力用轻松的语调说道："嘿，伊藤还真有桃花运哪。"

"是真的，阿久津君。我和伊藤君是前年结的婚。"

阿久津沉默了。前年？前年我在干什么？和今天一样开着车送快递呢。开始和上周分手的女人交往。时不时收到弥生因看到肖像画发来的短信。用一万元买了两百张明信片。从网上购买了好几套高价的彩色铅笔。

"我们是交往了两年多后结的婚。"

不知什么时候，拉着的手松开了。

阿久津站住了。弥生走了几步，回过头来。

"哦，原来是这么回事啊。"

不知是什么人在替自己附和着弥生，阿久津不禁看了看四周。可是，那个声音仍然自行其是地往下说：

"哪里，我怎么会吃惊啊。我立刻就猜到你们俩是一对儿了。上大学的时候，我就有这种感觉。早在那次欢迎会上，就已经……"

阿久津感觉自己说话的声音是从远处的樱树背面传来的。刚才就靠近了他一步的弥生更加絮叨了。

"是吗？那么今天，我这样子看着不像独身吗？这可让我有点受刺激啊。已经为人之妻两年了，也难怪看着不像呀。我经常这样和男人出来散步，来惩罚伊藤君。前些日子，周末我们俩还大吵了一架呢。所以我打算这一个星期都不给他做饭，每天晚上找个男人出来散步。这样一来，他就会明白我的重要了，当然，我也就更加明白他的重要了。"

现在，弥生微微发红的眼白像坚硬的棋子一样散发着冰冷的光，刚才的温柔感觉消失不见了。

阿久津明白了，他的爱何止是假死状态，在很久以前就已经死了。

他感觉像是从脚底涌上来一团黏糊糊的溶液，膝盖直发软，眼看就要瘫坐在地上了。

"可是，这事你应该先跟我说一声啊。我还以为……"

"阿久津君，难道说你还期待着什么吗？"

"也不是什么期待。"

"我这么做是不是太过分了？不过，你对佳奈子做得也很过分啊。她那时候是什么状况，你根本不知道吧？佳奈子现在还常常跑医院呢……跟你说实话吧，最初看到你的肖像画的也不是我，而是佳奈子呀。"

随风不断刮到身上的花瓣，仿佛变成了尖利的金属片，刺进他的皮肤。

从靠过来的弥生身上，头脑一片混乱的阿久津隐约闻到了佳奈子身上的气味。

那些肖像画上的人物都在嘲笑他。他们从邮筒里被解放出来，在阿久津身后排成了一条长长的送葬队列。弥生握紧了阿久津的手。他感觉仿佛被自己以往握过的所有女友的手一齐握住了一样。

阿久津拼命甩掉她的手，朝着夜色深沉的前方奔跑起来。

法比安家的回忆

我去法比安家做客，是在十五年前的夏天。

当时，我正读大学四年级，那一年的五月就已经找到了工作。由于学分已足够应付毕业了，所以上了四年级后，我每周只去学校露一次面。

一次，我为了取成绩证明，去大学教务科时，看见有玻璃窗的一面都放下了百叶窗。因为学校已经放暑假了。我知道这是我的学生时代，也是我这辈子最后一次悠长的暑假了。但是站在百叶窗前，我还是决定一如既往无所事事地打发这个假期。

要离开学校时，顺便去了电脑室。开启电脑后，看见卓郎来了一封邮件，问我："想不想去瑞士？"他说一位瑞士同学邀请他去她家做客。卓郎为了学习英语，三月份去了英国，现在正是休假期间。我犹豫起来，主要是觉得太麻烦。

我照这个意思给他回了信。几天后，他回复："这点麻烦不过是忍一忍的事。只要坐上飞机，你什么也不用干，就到地方了。

夏天的瑞士是最美的。错过这次机会，以后啥时候能去可就没谱了。"为了反驳他，我开始琢磨具体的麻烦事有哪些，但只是一小会儿工夫。很快我的脑海就被湛蓝天空下耸立的山脉、牛羊，以及它们脚下摇曳的野花等景色占满了。

凉爽的风掠过电脑屏幕上的文字，从坐在电脑前的我的腋下穿行而过。

"我去。"

我发送了邮件，便立刻着手查询如何购买机票。各个航空公司的票价高得令我咋舌。光是机票就花这么多钱的话，我那些每逢休假就去海外旅游的朋友们，究竟是怎么积攒出旅费的呢？恰好这些朋友之中的一位这会儿就坐在我前面三排的位子上，于是向他打听了一番。转眼间他便把购买便宜机票的网址发给了我，并给我讲解了购票流程。

几分钟后，我就预订了在东南亚某国转机的比较便宜的机票，坚定了瑞士之行的决心。

我和卓郎在日内瓦的机场会合了。

他比我早到了三个小时。朝我招手时，他的脸色显得有些疲惫，而我见到了好久不见的朋友，煞是高兴。卓郎是个无论何时何地都非常爽快开朗的人。和出国之前相比，他头发长了好多，嘴边也生出了胡须。

"你怎么有胡子啦？"我笑着拍了他的肩膀一下。

"留的呗。"卓郎说着，也拍了我的肩膀一下。

"等我的时候干吗了？"

"在机场里头瞎转悠。你穿得可够多的呀。"

机舱里冷得要命，所以我不光加了件长袖卫衣，还盖了两条毛毯，就这么忍过了机上的十几个小时。谁知道下了飞机，机场里还是很冷，就一直没有脱掉卫衣。而卓郎只穿着T恤。看看周围来来去去的欧美人都穿得和卓郎差不多，我心里感叹，看样子他已经被欧化了。

我们坐电车去了日内瓦市内。按照卓郎的计划，第一天在市里住，第二天去朋友家拜访。

天气不错。从车站到日内瓦湖，路边餐厅一家挨一家，人们穿着夏天的衣服，坐在露天座位上享受着美食。放在餐桌上的葡萄酒瓶和水瓶反射着阳光，熠熠生辉。天空湛蓝如洗。日内瓦湖倒映着地上的桥梁、树木和摩天轮缤纷的色彩，就像一个晃动的蓝色调色板。

卓郎一边走一边说："娜迪亚盼着咱们去呢。"

"我去她家，真的没有关系吗？"

"当然了。我跟她是朋友，没问题。娜迪亚是个好女孩。"

这位叫娜迪亚的，是卓郎的瑞士朋友。当我知道是个女孩子时，起初很吃惊。但卓郎说她只是一个组的好朋友，不是那种特殊的关系。

"不过，她居然把不怎么了解的东洋男人招到家里去住呀。她的父母会作何感想呢？要是我家的话，这是不可想象的。"

"娜迪亚和我是朋友，又不是不认识的人哪。"

"也许吧，可我觉得挺紧张的。"

我对住在不熟悉的外国人家里感到莫名的紧张。我的英语不怎么样，第二外语又是中文，所以，在这个国家好像一点用场也派不上。

"你紧张什么呢？"

"我不会英语，又是不认识的人家。"

"娜迪亚和她妈妈英语很好，但她妹妹和爸爸好像不大会说，和你的水平差不多。刚才我不是说了吗？娜迪亚和我是好朋友，没有问题的。去了以后总会有办法。啊，麦当劳。"

卓郎说了句"我去看看价格"，便进了马路对面的麦当劳。我也跟着他进去了。

"果然很贵呀。"

卓郎跟在排队的人后面，仰头瞧着价目表说道。我看着电子价目牌上显示的瑞士法郎，想换算成日元，可多半是时差还没有倒过来吧，脑子里一团糨糊。不过，就算是最便宜的套餐，大概算一下，估摸着至少也要花八百日元。

我站在卓郎身边，点点头说："是啊。"这时我感觉有点热了，便脱掉卫衣系在腰上。

第二天，我们坐上了去苏黎世方向的电车。狭长得仿佛没有尽头的日内瓦湖畔的风景深深吸引了我，我一直目不转睛地眺望着窗外。

绿蒙蒙的湖面不时被郁郁葱葱的树叶遮掩，行驶了好半天，当树木的绿色帷幔再次打开之后，呈现出来的湖面景色依然和之前看到的一样。虽然感觉电车疾速前行，但湖面仿佛跑得比车还要快。我感慨不已，优美的湖光山色让我看得入了迷。

电车每到一站，卓郎便打开地图问我："这是 ×× 站吧？"每次我都看着站牌，点头回答："是的。"昨天晚上已在宾馆和卓郎互相通报了近况。所以在电车上，除了确认车站名称外也就没什么特别的可说了。原本我就是个话少的人，只要他不跟我说话，我恐怕能好几个小时都不开口。

日内瓦湖的身影不见了（我感觉是日内瓦湖终于不再跑下去了）。越是接近苏黎世，天色变得越是阴暗起来。车窗外渐渐出现了被暗云笼罩的天空和灰色的建筑群。

昨天刚刚在日内瓦看到了蓝天白云，喷泉在波光潋滟的湖面上映出的彩虹，所以我觉得，相比之下苏黎世真是个昏暗的城市。

"怎么这么暗哪？"卓郎似乎也和我想的一样，把地图收进了皮包，嘟囔道，"啊啊，真不像瑞士啊。"

"这就是苏黎世吗？"

不过，卓郎并不显得那么沮丧。他从口袋里拿出了小本子，"嗨！"地拍了我的膝盖一下。

"我跟你说啊，在苏黎世车站，换车时间只有四分钟。"

"什么？"

"要在四分钟之内坐上下一趟车，所以你得快跑。"

"四分钟？苏黎世车站一定特别大吧？"

"很可能，所以咱们俩必须使劲跑。"

旅行手册上说，瑞士的列车非常准时。

我做好精神准备，打算按照卓郎的吩咐，拼尽全力去跑，以免这个国家的时刻表因我差劲的赶车被打乱。

在苏黎世下车的乘客很多，但我们俩等在车门口，所以比其他人先下了车。可是刚跑到楼梯前，我的行李箱轮子就陷进一个沟槽，我跟行李箱一块儿结结实实摔倒了。跑在前面的卓郎马上回过头来，我觉得难为情，差点就说出"不要管我"这样的话。卓郎满脸写着惊讶，迅速抓着我的胳膊把我拽了起来。

然后，我们又重新振作精神跑起来，终于提前一分钟登上了等在四号站台的换乘电车。幸好从日内瓦来的那趟车进的是二号线，离得比较近。

娜迪亚住在从苏黎世坐上车后约三十分钟到达的一个小镇

上。看旅游图上的介绍，这个小镇是瑞士屈指可数的纳税最低的地方，镇上有个无法与日内瓦湖相提并论却小有名气的湖泊。

"娜迪亚家好像挺有钱的。"

在车厢里，卓郎气喘吁吁地说。也许是很少听见有人说日语的关系，坐在斜对面的一个红脸膛的高大男人目不转睛地瞅着我们。

"你怎么知道？"

"跟她说话就知道，很有教养的感觉。"

"娜迪亚家是独门独院？"

"大概是吧。而且房间特别大。"

"足有两张大床那么大？"

"有吧。"

"娜迪亚在英国待到什么时候？"

"娜迪亚已经从英国回来了。她说从九月份开始要去师范专科学校上学，当然现在还没有开学。据说是像大学那样的地方。"

我又问了几个关于娜迪亚的问题。

据卓郎介绍，娜迪亚好交朋友，性格很温和，虽然喜欢夜生活，但学习很努力。要是摘了眼镜的话，是个很可爱的女孩子，而且还会说一点日语。

"你好、谢谢、回头见等等，说得可好呢。"卓郎一脸得意，

"照片，想不想再看一遍？"

不等我回答，卓郎就从薄薄的钱夹里拿出了一张照片。我在日内瓦的宾馆已经看过一次了。照片里的娜迪亚一头褐色长发披到肩头，嘴很大，两眼很有神，是个美人。看她的姿势好像是故意摆出来的，下巴挑逗似的稍稍抬起，鼻头尖尖的。

"不过，这照片和本人不太一样。平时她都戴眼镜的。"卓郎还是一脸的得意。

这条街道的车站被包裹在灰色的建筑物中，天气很冷。

说实话，我的兴致不怎么高，跟天气也有点关系。昨天在日内瓦的晴空下，使我的眼睛和腿脚一直动个不停的某种东西消失了。虽说没有人追赶我们，但一想到要在这地方待两天，哪儿都去不了，我的心情就郁闷起来。

车站里人来人往。我们俩坐在药店门外的长椅上，等着娜迪亚来接。药店门外拴着的一条狗叫个不停。

"真讨厌，那家伙。"

卓郎愤愤地说。我立刻明白他说的是狗。那条狗一直狂吠着，声音大得令人窒息。那是一条褐色的小型犬。

"狗的主人正在买东西吧。"

"狗的声带说不定比人的要长呢，不然哪能这么没完没了地叫唤。换了是我，就算你现在被人一枪给崩了，也叫不了那么长的时间。"

"真的有声带这东西吗？"

既然被叫作"带"，想必是附着于喉咙附近的由肉构成的带状东西。或许它是一种观念性的东西，只不过是把发出声音的人体系统叫声带而已。我就这个疑问请教了一下卓郎，其实也并非十分感兴趣。卓郎也明白我的心思，并不答理我的提问，一边看手表一边说："娜迪亚不会不来吧？"

"卓郎。"

听见喊声，我们扭头一看，一个褐色头发的女孩子正朝我们招手。卓郎叫了声什么站起来，拥抱了她。

娜迪亚戴着眼镜，比我想象的要高一些。两人用英语交谈着，我站在距离他们两米远的地方，等待着被介绍。

卓郎朝我一招手，我才终于和娜迪亚面对面了。"Hello."我先说了这么一句。

卓郎给我们互相介绍了一下。在她张口要说什么之前，我飞快地说出了事先练习好的几句话："Nice to meet you. Thank you for inviting us." 她也回应了一句："Nice to meet you." 然后又加了一句话，估计是"听说过你"的意思。之后出现了几秒钟的沉默，三个人不约而同地笑了。我用余光看见一个男人牵着女孩儿的手从药店里走出来，正在解狗链子。

娜迪亚轻轻吐了口气，说："现在，去我家吧。"

"Yes, let's go!"

卓郎的心情好得不得了，娜迪亚也笑吟吟的。我们走出地铁站，朝公交车站走去。途中下起了小雨。

在公交车上，卓郎一直在和娜迪亚说话。他说的英语连我也能听懂，但是娜迪亚说的，即使认真听也只能听懂一半。我听了一会儿便放弃了，开始看车里的其他乘客和窗外的风景。

透过淌到窗玻璃上的雨滴，我朦胧地看见建筑物的灰色和行道树的绿色不断沉重地闪过。

不过，车里的装饰以黄色为基调，颜色很鲜艳。只看车内的话，恍如坐在主题公园的小火车里一样，感觉十分亲切。前排座位上，三个女孩子紧挨着坐在一起，也使我回想起坐公交车上学的高中时代。可是，这里是瑞士。我再度想起自己从熟悉的日本来到这般遥远的地方，心情又黯淡下来。我并非想要回日本，只是一想到自己待在日本以外的地方，就感觉不安和寂寞。我觉得自己或许是爱日本的，但究竟有多么爱日本，怎样地爱着日本，还从来没有仔细想过。

当左边出现了一片草原般开阔的绿地时，汽车开始减慢速度。

"好像到终点了。"

听见卓郎说话，我回头一看，他正和娜迪亚挽着胳膊呢，不禁吃了一惊。当然，这种事在外国司空见惯吧。由于疲劳，我的情感也变得迟钝了，惊讶没能持续多久。两个人看上去十分般配。在我看来，娜迪亚本人是个比照片给人的印象要正经得多的女孩子。那张照片大概是故意做出的怪样吧。

下车后，娜迪亚在前面带路。看见地上躺着一只像是麻雀或什么小鸟的尸骸，"Watch out!"她皱起眉头，提醒我们别踩到。我们一直沿着高高的围墙走，走到围墙中断的地方，娜迪亚进了门。

里面是一片板式住宅楼。我感到不安。因为这里并没有卓郎想象的宽敞的独门独院，而是一排排建筑，跟我和家人住了十八年的父亲公司的住宅一模一样。我扫了卓郎一眼，他全然不在意似的不时调整背包的位置，照样兴高采烈地走着。

"就是那儿。"娜迪亚指着从里面倒数第二排楼房说，"就是晾着黑 T 恤的那家。"

像这么简单的英语，连我也听得懂。于是我微笑着回答："I see."

不过，房间里面的情况出乎我的预料。乘狭小的电梯上到三楼后，只有两个门。娜迪亚推开了左边的门，于是眼前出现了足以将我家居住的公司住宅整个儿放进去那么宽敞的客厅。我惊呆了。旁边的卓郎也连珠炮似的重复着"large"啦、"so nice"之类的词，赞美着房间。

从客厅右边走出一个系着围裙的体格壮实的女子，用英语说着"欢迎"，像是娜迪亚的妈妈。我又重复了一遍在车站对娜迪亚说过的那些话。娜迪亚的妈妈头发非常红。我出神地瞧着她这头红发。

"房间在这边。"

娜迪亚领我们去走廊尽头的房间。

那个房间很狭窄。除了摆放着两个床垫和一个大书架外，还塞进了一张电脑桌和一张小写字台。因为塞的东西太多，才显得狭小吧，其实面积足有八叠大。我们在家具的空隙间放下行李箱，坐在了床垫上，还用拳头摁了摁软硬。大桌子和小桌子之间有个稍稍突出的飘窗，悬挂着百叶窗。

看看表，是下午五点。娜迪亚又带我们去了客厅，问我们喝什么饮料。我想要杯咖啡，但娜迪亚飞快地说了句什么，我问卓郎："她说什么呢？"

"好像是问咱们要不要尝尝只有在瑞士才能买到的饮料。"

"什么饮料？"

"那种有泡泡的，喝点尝尝？"

"就像可乐那种东西吧？"

卓郎用英语一问，娜迪亚好像回答道："差不多，但味道不一样。"于是，我们俩便要了那种饮料。娜迪亚从厨房拿来一个茶色大塑料壶，在三个玻璃杯里倒入了饮料，然后三人碰了杯。这种饮料的颜色很像姜汁清凉饮料，但口感和稀释的刨冰果汁一样。

卓郎和娜迪亚聊起了英国学校里的事，我无事可干，便细细打量起客厅来。

靠窗摆放着可以坐三个人的桌椅。右侧最里头是厨房，就像把墙给凿通了似的，从我坐着的地方，可以看见娜迪亚的妈妈在厨房里做什么东西的背影。靠近走廊一侧铺着浅色地毯，摆放着大沙发和有四十英寸大的液晶电视，还随意摆了两个奇形怪状的单人沙发。即便这样，客厅还是很宽敞。房间里没有一样摆设是不讲究的，给我的印象就像是进了家具店。因为根本看不出这里是一家人住了好多年的地方，就连茶几上的遥控器都那么精致。

我回头去看露台，挂在衣架上的黑 T 恤晃动着，就是刚才娜迪亚指的那件。我不禁担心它会被外面下着的小雨淋湿。

"喂，你被吓着了吧。这个家怎么样？"

一直在和娜迪亚聊天的卓郎忽然扭头问我。我有点发慌，但还是把心里想的用日语对卓郎说了出来。卓郎翻译成英语转告娜迪亚。然后两人就这个话题接着聊了下去。我一边喝着甜甜的果汁，一边瞧着身体结实的娜迪亚妈妈忙活的背影发呆。

"这个家好像不是娜迪亚的家。"

和娜迪亚的对话中断的时候，卓郎对我说道。

"为什么？"

"这个家，娜迪亚说不是她家。"

"那是谁家呀？"

"好像是她叔叔或什么人的……也不算是叔叔，反正是一位叫法比安的人的家。娜迪亚一家好像只是暂时借住在这里。"

"是这样啊。"

不过，我还是觉得娜迪亚一家无论住在什么地方，每天也都会这样度过。这个整洁的客厅里感觉不到生活的气息，但摆在这里的每一件家具、挂在墙上的每一幅画都有深不可测的存在感。这种存在感恐怕不仅仅是随意摆放家具就能产生的，而是来自家具从居住在这里的主人身上吸取的一种规律性的东西。

"那么，那位法比安先生也住在这里吗？"

就在我提问题的同时，有两个人走进了客厅。我又吃了一惊，原来他们一直待在这个家里呢。因为家里非常安静，完全感觉不到还有别的人在。

其中一人是个女孩子，像是娜迪亚的妹妹，另一位是个中年男子，我猜大概就是法比安吧。

娜迪亚的妹妹一进客厅就吸引了我的目光，她目不斜视，不露一丝笑意地径直走到桌边。娜迪亚介绍说，她叫"库拉乌迪"。她向我伸出了右手，我轻轻地握住，说道："Nice to meet you."她听了忽然露出可亲的笑容。她有着较为丰满的身材，看上去有些任性，是个可爱的女孩子。

她旁边的男人原来是娜迪亚的父亲，不是法比安。他的名字发音很难，我没有记住。我和他也握了手。他在这个家里个头最矮，头发几乎全都白了。脸部的轮廓没有其他三人那么清晰，颇有些东洋人的韵味。他的英语发音有些生硬。跟我们问候之后，他不好意思地使用我们听不懂的语言对女儿说了几句话。他使用的语言好像叫瑞士德语，在当地作为口语来用。他穿着 T 恤和短裤，很休闲的打扮。见到了这位父亲，我才终于感觉安心了。

晚饭之后，娜迪亚带我们去了酒吧。

这个季节，太阳不到八点不会落山，所以吃完晚饭天还是很亮。据卓郎说，欧洲人在这个时间也会精神抖擞地外出，去听音乐、去俱乐部、打网球、看电影、泡酒吧……我刚才一边吃晚饭，还一边想着今天已经过完了呢。换句话说，正因为一天过完了，才吃晚饭的。可那天吃完晚饭后，我的一天被延长了。

傍晚的小雨已经停了，娜迪亚的妈妈还是给了我们三把伞。坐上和来的时候同样的公交车，在地铁站前下了车。我以为他们俩还会挽起胳膊，这回倒没有。

从车站沿着一条昏暗的小路走了约莫五分钟，就到了目的地。这是一家以耀眼夺目的红色和金色为主色调的中餐厅，店内的墙壁上挂着一幅巨大的龙图案刺绣。娜迪亚要去的酒吧就在这个店的二楼。

走上店旁的楼梯，有个狭小的入口，一进去就是吧台，两个魁梧的男人坐在前面喝酒。娜迪亚轻轻打了个招呼，就快步朝吧台里边走去。卓郎和我若无其事地紧跟在后面。

"我很喜欢这里。"

从娜迪亚落座的位置上看去，湖面尽收眼底。窗户是朝西开的，透过云层能看见正在落山的太阳。

"Beautiful."

我们连说了好几遍这个形容词。

服务员走过来，跟娜迪亚亲热地问候后，用瑞士德语交谈起来。其间，我和卓郎看着菜单，将和德文拼写并列的英文拼写转换成日语。听见娜迪亚说"我要起泡酒"，我也要了同样的。卓郎一个人要了德国产的啤酒，是个我不知道的牌子。

干杯之后，卓郎和娜迪亚开始聊天，好像在谈有关他们在英国的朋友的事。卓郎不时打住话头，用日语向我解释。我一本正经地点着头，想听懂他们的谈话，可是听了半截还听不太懂，便凝视着杯中起泡酒泛起的细小气泡，或是眺望窗外的湖面。

"不要紧吧？"

娜迪亚忽然碰了我的肩膀一下，用日语问道。我听了一愣，卓郎哈哈大笑起来，娜迪亚也在笑。

"什么？"

"娜迪亚在问你，'不要紧吧？'"

"不要紧吧？"娜迪亚皱着眉头，注视着卓郎的嘴。

"对，不——要——紧，不要紧。我把'不要紧'教给娜迪亚了。"

"Yes，不要紧。"

我终于明白了是怎么回事，笑着回答。于是娜迪亚又反复说着"不要紧吧"，然后用英语对我说："你觉得累了的话，就告诉我。"

让娜迪亚为我操心，我觉得很过意不去。这时二人的谈话变得断断续续，他们各自拿着饮料眺望湖水。我趁这个机会，用蹩脚的英语问起了娜迪亚的生活情况，表达自己对瑞士的感觉，并简单介绍了自己在日本的工作情况等。不会说的地方就请卓郎当翻译，这样，我们总算大致能沟通了。娜迪亚很爱笑。语言表达不清楚的时候，只要一笑，谈话便可以继续下去了。

天黑了以后，我们还在聊着。我一边想英文单词一边说，加上卓郎翻译的工夫，虽然谈论的是些简单的事情，却要花费几倍的时间。用日语说的话，一半的时间都用不了，但我觉得我们是在谈论非常重要的事。

结账之前我去了趟厕所。厕所在出了酒吧的门再上一层楼的地方。楼梯上铺着看似很高级的红地毯，厕所四面墙壁上镶嵌着比地毯还要红的带花纹的瓷砖。便器背后有一个边长三十厘米的四方形小窗户，解完手，正好可以看见窗户对面幽暗的湖面。

回到座位上，我说："厕所也很 beautiful。"娜迪亚说："我也很喜欢那个厕所。"然后她也去了。

"她说'He's nice'了。"等看不见娜迪亚之后，卓郎说道。

"什么？"

"娜迪亚说你'He's nice'了。"

"是吗？娜迪亚也很 nice 呀。"

"她好像挺喜欢你，太好了。"

我们俩都笑了。

"可是，我的英语根本不行。好多词不会说，得好好学学了。你怎么说得那么好啊？"

"你也来国外学习吧。可有意思了。"

"不行啊，公司还有工作呢。"

"在那个公司里挣了钱以后再来呗。"

"可是，我没什么兴趣，对外国。"

不过，当时我开始考虑长时间离开日本这件事了。

长时间不坐日本的电车，不吃日本的食物，不走日本的道路，我的直觉是自己是做不到这些的。我越来越感觉自己似乎爱着日本，并因此陷入困惑。由于偶然生在日本，长在日本，因而像爱父母一样爱着日本也没什么可奇怪的。但是要说"爱着"日本，似乎就是个巨大无比的对象了。如果说自己"爱着日本"，那么以此逻辑类推，不是也必须要爱着地球、爱着银河系、爱着宇宙了吗？

分别付完账，走出酒吧，才知道下雨了。

雨点沉重而冰冷，就像一粒粒金属噼里啪啦地落到马路上。我和娜迪亚、卓郎沿着昏暗的小路快步朝车站走去。雨滴打湿了雨伞遮不住的手和脚。我觉得浑身都冷，不由得产生了在异乡触摸到了异乡什么东西的感觉。

那天夜里，我觉得难受得不行而醒来。

开始只是觉得恶心，渐渐地肚子也疼了起来。我一向肠胃不好，每年夏天都必定会闹一回肚子。那年肠胃没有发生问题，自己还挺放心的，谁知偏偏在瑞士发了病。

我憋到实在忍不住的时候才去厕所，好减少如厕的次数。然后在被子里缩成一团，思考起原因来。大概是晚饭吃的东西闹的。晚饭吃的是一种蒸土豆泥浇上溶化的奶酪做成的瑞士菜，怎么琢磨都觉得自己奶酪吃多了。本来我就不能多吃乳制品，可是不知不觉就吃多了。由于自己不能融入一家人的谈话中去，就想以行动来表示菜做得很好吃的意思，比别人更多地往盘子里夹土豆和奶酪。第二轮上菜的时候我也是这样。最后当娜迪亚的妈妈问我"再来一盘吗"，我仍然高兴地说着"Of course"，递出了盘子。我想多半是这个原因。

一想到是奶酪吃多了，眼前便清晰地浮现出在我的胃里，橘黄色奶酪形成硬块拒绝着胃酸的情景。我很后悔，可为时已晚。肚子里就像有个塑料气枕在起伏荡漾。实在忍不住呕吐感和疼痛时，我就轻轻爬起来，尽量不吵醒卓郎，拿着娜迪亚给我的手电筒走出房间。

出门往右是娜迪亚父母的卧室，再往右一间是带浴缸的第一个浴室，顶头那间是只有淋浴的第二个浴室。我曾被告知在第二个浴室冲澡，所以决定也使用那里面的卫生间。

这个浴室的左边是客厅，右边是娜迪亚和库拉乌迪的房间。

家里黑乎乎静悄悄的。

我用手电照了下客厅，白色的家具残缺不全地浮现在黑暗中。我忽然想到了据说是这家主人的法比安先生。恰巧此时一阵更加剧烈的疼痛袭来，我慌忙跑进了浴室。

结果，那天晚上我一共去了六趟浴室。天快亮的时候，卓郎也醒了，每当我从浴室回来，他都要问一句："不要紧吧？"

我只能回答："不要紧。"

第二天，娜迪亚原计划要带我们去街上观光。可是，我上吐下泻地折腾了一整夜，觉着特别不舒服，连笑容都有些僵硬，早饭也没有一点胃口。我犹豫着要不要在家里休息一天，这么犹豫的时候，又感觉也不是一直都特别难受，便决定多吃点止泻药，出去观光。

那天的天气也是阴沉沉的，湖边几乎看不见什么游人。湖对面雾霭缭绕的山脉犹如一幅巨大的中国水墨画。

"It's like China." 我说道。娜迪亚和卓郎听了都笑了。

娜迪亚问 "China" 这个词用日语怎么说，我们俩用日语连连说着"中国、中国"，一边绕着湖边走。呼吸着早晨新鲜的空气，我渐渐觉得不那么难受了，于是又有了信心。照这个样子的话，今天一天应该不成问题。

走了一会儿，看到了鸟园。我们一边看着用几种语言写着鸟名的说明牌，一边观赏着一只只鸟笼往前走。可是，从那里面很难找得到和说明牌上的介绍一样的鸟。那些鸟好像不是钻进了笼子，就是躲在树荫里了。

然后，我们参观了这个地区最大的教堂（据说娜迪亚一家都不信教），游览了曾经是街道要塞的黄色建筑物，登上了钟楼，去看了娜迪亚曾经上过的学校，最后又回到了湖边一带。欧洲各国的国旗在灰色的天空和湖水的映衬下随风飘舞，其中还有欧盟的旗帜。卓郎问："为什么瑞士不加入欧盟呢？"娜迪亚语速很快地作了回答。我只听懂了最后的那句"不过，我反对"。

去吃午饭的途中，娜迪亚在一座竖立着各州旗帜的建筑物前停下了脚步，脸色凝重地指着那里说了句什么。

"她说那是议事堂。"卓郎翻译完，便举起了照相机。

我一边想着这个建筑物作为议事堂似乎小了一些，一边瞧着卓郎一会儿向前一会儿退后地寻找最佳拍照距离。这时，娜迪亚忽然挽住我的胳膊，把我拉到了议事堂前面摆放的一块平平的石头跟前，用英语慢慢介绍起来。

"几年前，这里发生了一起可怕的事件。一个凶狠的男人在里面开枪，打死了好几个人，太残忍了。这上面写的是那些死去的人的名字。"

石块上写着十几个名字。在瑞士这个幽静的湖边小镇，在娜迪亚的家人居住的地区，在卓郎正在拍照的建筑物里竟然发生过这样的惨剧，简直让我无法相信。我一直认为瑞士和日本不同，不会发生那样疯狂的犯罪。我觉得自己可能是听错了。

"那个人后来怎么样了呢？"

为了确认一下，我问道。可是，也许我的英语太差劲，娜迪亚只是不断重复着"杀了好多人"。

来到吃午餐的咖啡屋，一看见橱窗里的加料吐司什么的，我胃里还未溶化的奶酪又来劲儿了。

早晨觉得没事了，现在看来还没有完全恢复。娜迪亚和卓郎愉快地指着样品，商量着吃什么。我强打精神加入进去，点了最容易吃下去的金枪鱼吐司。我喜欢吃金枪鱼。

吃饭的时候，昨天晚上那种讨厌的呕吐感又一点点涌了上来。见我不大说话，卓郎不时地瞅瞅我。为了不让娜迪亚担心，我竭力微笑着，不显露出难受的样子。这种状态的话，下午还不知道会怎么样呢。我决定走出店门的时候，如果有机会，就请他们让我回家休息。我一说胃里难受，娜迪亚肯定会担心我，所以现在还是先让他们消停地吃饭吧。

可是，走出店门后，我也没能说出来。因为娜迪亚已经租了一辆小汽车，下午准备带我们去小镇周边兜风。虽说有了汽车，更方便请他们把自己送回家了，可不知怎么搞的，还是说不出"我想回家"这句话。我觉得如果一说出来，这一上午，我们三个人构筑起来的某种纤细的东西就会脆弱地崩溃了似的。

一坐进红色的汽车，娜迪亚就熟练地开动车子穿过狭窄的停车场，在小雨中奔驰起来。我坐在后排，闭着眼睛，全部精神集中于自己的呼吸。这时候，就连娜迪亚也意识到了我不舒服，我听凭卓郎跟她解释着"休息一下就好了"，独自专注于从胃里移开注意力。

感觉稍微好了一些，我睁眼一看，汽车正行驶在森林里。

不一会儿，娜迪亚停下了汽车，这地方是森林中一块开阔地上的泥泞的停车场。娜迪亚建议我在车里休息，但我觉得呼吸一下外面的空气可能对身体有好处，就笑着回答："不要紧的。"

我们买了门票，沿着细细的小路往坡上走，看见一块突出的巨大岩石下面有一扇木门。

走进门一看，原来是个山洞。

山洞里比外面更加阴凉，水滴不断从穹顶啪嗒啪嗒滴落在浅浅的水洼里。我想起了上小学的时候，跟家人一起去过好几次秩父的钟乳石洞穴。橘黄色灯光照出各种各样嶙峋凹凸、奇形怪状的岩石，有的横着伸出来，有的从穹顶垂挂下来。

"像人脑子似的。"卓郎说道。还真是挺像的。"那个难看的石头，真像人的内脏。好像自己待在别人的内脏里一样。"

真是一点不假。站在这些湿漉漉的凹凸不平、形状复杂的岩石之中，仿佛有种偷偷潜入了什么人体内般奇妙的不道德的情趣。

奇怪的是，当我一边感受着落到头上的冰凉水滴，一边静静地呼吸时，竟然忘却了恶心的感觉。

没有触及过地球上任何生物肌肤的空气进入了我的身体。胃里还没有消化的那团奶酪一接触这空气，仿佛顷刻间消失了似的。

"这地方真好。"我说道。

"你好点儿了？"卓郎抱着胳膊，好像很冷的样子。

"啊，好多了，现在感觉可舒服了。这地方真好，空气真新鲜哪。太棒了。"

"我觉得挺冷的。"

"冷是冷，可让我在这儿待一天也没问题。"

"他说特别喜欢这儿。想待一天呢。干脆把他留在这儿算了。"

卓郎对娜迪亚这么一说，她哈哈大笑起来。

我最后深吸了一口气，走出了洞穴。

回到家已经六点多了。晚饭好像还没有做好，我们回到房间，准备明天出发的行李。

按原计划，在娜迪亚家住两个晚上后，我们打算去格林德尔瓦尔德山地。在那里住三天，再返回日内瓦。然后卓郎回英国，我回日本。

娜迪亚打开电脑，上网帮我们查阅电车时刻表，并建议我们去格林德尔瓦尔德之前，先去离这儿不远的一个叫卢塞恩的小镇游览一下。她说那是个很美的小镇。

"是吗？那就去看看。"

我犹豫着要不要垫上一句"不觉得特别难受的话"，但还是点点头附和着说："好啊。"虽说没法打包票，但估计明天应该没事了。之所以这么说，是因为从洞穴回来的路上，我又受到了那不吉的呕吐感的折磨。然而，一想到刚才在洞穴里自己还表现得那么活蹦乱跳的，现在又让他们看到不雅的样子怪难为情的，于是我竭力显露出活泼开朗的表情。可是，这也毕竟有限度，还了租借的汽车后，站着等公交车的时候，我用力抓着站牌忍受着。等公交车的十五分钟漫长得就像是永远。我猜想，自己的话越来越少，卓郎和娜迪亚大概都感觉到我不舒服了，但我还是使劲忍着。

查阅完电车时刻，娜迪亚刚走出房间，卓郎立刻问我："你，没事吧？"

"啊？"

"刚才看你好像又不舒服了，脸色很不好。"

"是吗？其实真是这么回事。刚才一直都特别难受。"

"怎么搞的？"

"大概是昨天吃多了奶酪的关系吧。我不能多吃奶酪。"

"哦，好像是吃了不少。"

卓郎躺倒在自己的床垫上，看着娜迪亚给我们写的日程表。蓝色的钢笔密密麻麻地写了好多数字和横线。我也学着他在旁边的床上躺了下来，翻来覆去地想找个能够缓解恶心的舒服姿势。

"吃药了吗？"

"早晨吃过了，但有时候管用，有时候不管用……在洞里那会儿真是舒服啊。那个地方一定对身体有好处。"

"明天，走得了吗？"

"差不多吧。不管怎么样都走吧，不能给人家添麻烦。"

"嗯，也是。就照娜迪亚说的，去趟卢塞恩，可以边休息边走。"

卓郎把娜迪亚写的日程表夹在旅游手册里，翻到卢塞恩那页，摊在我面前。

"卢塞恩看着真不错呢，你瞧。"

照片里以白色和橘黄色构成的街景为背景，有许多屋顶尖尖的小房子和小桥。看着下面写的细密的说明，我又泛起了恶心，把脸埋在床垫上。

"喂，你行吗？"

"我还吃得下晚饭吗？"

"每样吃一点的话，没问题吧。"

"是啊。又是最后一次晚饭，我尽量吧。"

我用尽浑身力气坐起来，摘下挂在脖子上的放重要物品的包，从里面拿出笔记本形状的海外旅行伤害保险证，举到卓郎眼前。

"我要是有什么不测，就用这个保险证给我善后吧。"

卓郎哈哈大笑起来，边说"知道了，知道了"，边把它推开。

好在那天的晚饭都是比较清淡的食物。好几种香肠和火腿、奶酪、西式泡菜，以及各种形状的面包、卷心菜沙拉之类的，随各人的喜好自己取菜。除了奶酪之外，我每样都夹了一些，极力细嚼慢咽。

在餐桌上，卓郎和娜迪亚以及娜迪亚的妈妈热烈地谈论着今天的观光。娜迪亚的妈妈是这家人里最健谈的。娜迪亚的妹妹库拉乌迪偶尔操着瑞士德语和英语加入谈话。妈妈对女儿们用英语说话时，每一句话最后都要附带上一句"my dear"。娜迪亚的爸爸和我一样，慢悠悠地吃着盘子里的东西，面带微笑地听着家人们没有间断的谈话。不过，爸爸绝没有被忽略，女儿们说话时都不时朝爸爸微笑。特别是库拉乌迪，不是往他的盘子里夹奶酪，就是递给他抹了奶油的面包，总是不闲着。而库拉乌迪手里的面包，则是她妈妈抹了奶油递给她的。

我一边害怕每次咽下面包和硬硬的火腿块儿时，胃里会发生痉挛，一边为他们这家人的和睦产生了莫名的感动。如同独享了别人不知道的小奇迹，我恨不得把所有认识的人都叫到这张饭桌旁。

娜迪亚的家人明天一大早就离开这里了，所以，在那天晚上跟他们一家作了告别。

我用英语表达了来这里之前准备好的感谢的话。她妈妈对我忽然变得流畅的英语有些惊讶,说了一句话,大致意思是"能认识你很高兴,以后欢迎再来",然后拥抱了我。我旁边的库拉乌迪也飞快地说了句英语,和卓郎拥抱了,也轻轻拥抱了我一下。她爸爸和吃饭的时候一样,微笑着向我们伸出了右手。卓郎和我先后和他握了手。

"这家人真好。"回到房间里,卓郎感叹着。

"是啊。"我答道,然后想起了刚才告别的场面,"嗨,库拉乌迪跟你说什么了?"

"库拉乌迪?"

"最后跟你说了一句什么话吧。"

"啊,她说,明天早上学校有课,要早走,今晚是最后一面了。"

"什么?就说这些?我还以为跟你说了什么好事呢。"

"库拉乌迪有画画儿的天赋。"

"是吗?"

卓郎仰面躺在床垫上,将胳膊枕在脑袋底下。

"客厅里挂的画儿,据说是库拉乌迪小时候画的。"

"画儿?什么画儿啊?"

"就是挂在沙发背后墙上的那幅呀。画的好像是蓝色的海浪。你也看过的呀,没有印象?"

"是吗?有那张画儿吗?没注意呀。"

"咱们为什么会在这里呢？真是不可思议啊。"

卓郎唐突地说道。然而这也正是在这次旅行中，思考了平日没有思考过的事之后，必然浮现在我头脑中的话。我接着他的话说道：

"是啊。旅行就是花钱四处走，遭遇各种不便，吃没吃过的东西，看没看见过的景物，我觉得不过如此吧。但是，在这个过程中，一想到自己怎么会在这里而感到不可思议的一瞬间，所有不舒服的感觉，肚子痛等等都忘得没影了，恍惚觉得自己飞出了宇宙。"

"那你就一直这么想吧。"

卓郎从旅行手册里拿出娜迪亚写的日程表，盯着看了一会儿，又把它夹进了卢塞恩那页。

"你的肚子不要紧吧？"

"啊，刚才吃了些东西，好像舒服点儿了。"

"是吗？太好了。"

"不过，不能大意。"

卓郎侧过身子，给手机上了闹钟。

我拿出笔记本，练习起明天要对娜迪亚说的感谢话来。

这天晚上，在睡梦中我又感到了恶心和腹痛。

虽然比头天夜里稍微好一些，但躺在床上还是心里不安，于是，我走过昏暗的走廊，去了好几趟浴室。每次去，我都要趴在便器上，伸出下巴吐上二十分钟，或者脱下内裤，坐在便器上拉上一通。一进浴室，我就陷入再也回不了床铺，甚至回不到日本去的错觉。然而，四面贴着瓷砖的浴室里很冷，我一直待到冷得再也扛不住的时候，便暂时回房间，等着下一轮恶心的感觉袭来。

记不清是第几次去浴室返回房间了，就在我伸手去拧卧室门把手时，隔壁的房门开了，吓得我差点"哇"地喊出声来。由于没带手电，看不清楚出来的人是谁。那个房间应该是娜迪亚的父母住的。那个人轻轻地关上了房门，咕哝着什么。听声音像是娜迪亚的爸爸。

我忽然想到了晚上的问候语，也不知这个时间说合适不合适，就小声说道："Good evening."于是，在黑暗中，娜迪亚的爸爸轻轻抓住我的肩膀，用力搂住了我，同时又咕哝了一句我听不懂的话。事出突然，我只有呆呆地站着。他低沉的嗓音在我耳边时断时续，说了好半天。我的鼻孔里吸进了他的白发，但依然一动不动地等着他松开我。过了好一会儿，我才意识到，他好像一直在重复同样的话。听起来语尾是升调，很可能是问句。原来他在等着我的回答呢。我不知该如何回答，只得小声说了句"maybe"。于是他抚摸了我的头一下，轻轻松开我，去浴室了。

我回到房间，钻进被子里，出了好多汗。之后，无论多么难受，也绝不再走出房门了。

我们和娜迪亚在车站告了别。

我因为不舒服，照例几乎没怎么吃早饭，娜迪亚便用剩下的面包和火腿做成三明治让我们带上。她好像是清早冲了淋浴，在灰色街景的衬托下，皮肤和头发闪烁着洁净的光泽。到了现在我才发觉，这两天，自己没能以最饱满的状态和娜迪亚相处，心里特别愧疚。

在站台上，我好歹对娜迪亚表达了昨天准备好的感谢的话，卓郎接着用英语很流畅地表达了谢意。"欢迎再来。"她说道。"当然。"卓郎回答，然后加上了一句，"你要是有机会来日本，一定来找我。"

"O—K——一定去找你。"

"我们还要来这儿。"

"不过，下次你们来的时候，我们就不住在那儿了。那儿是法比安的家。"娜迪亚笑着说道。

电车开动了，在站台上朝我们挥手的娜迪亚看不见了以后，卓郎静静地哭起来。我没办法安慰他。上了电车以后，也许是紧张得到了松弛的缘故吧，我感觉到了这两天以来最最难受的呕吐感。仿佛只要一说话，就会吐出来似的，因此，我只好看着他哭。

窗外灰色的街道不停地闪过。门上方的电子显示牌上，橘黄色的小亮点汇集成了几个字母"Luzern（卢塞恩）"。

回国后，我跟卓郎要了法比安家的地址，给娜迪亚写了一封感谢信。

过了一个月，我收到了娜迪亚来自同一个地址的回信。

十五年过去后的今天，我仍然在和娜迪亚通信。

她已经不住在那条街上的法比安家了。她二十八岁那年结了婚，我也于前年结了婚。娜迪亚有两个分别是五岁和三岁的女儿。卓郎曾见过她们一次。

我每次写信都教给她罗马字拼写的简单的日语，如果娜迪亚把它们都记住的话，到现在也学会不少日常用语了。"好吃，怎么办，怪不得，太棒了，遗憾，没意思，明白了……"于是，在回信里，娜迪亚会教给我这些话的德语说法。可是，我只是看信时大致念几遍，所以一个词也没记下。

今天早上收到的信里，娜迪亚告诉我，她时隔好几年又去了一趟法比安家。

她说，我和卓郎住的房间，现在好像是三个小孩的卧室。她自己和库拉乌迪的房间里都住着美国来的留学生。我想，法比安家里现在一定住着很多人吧。

　　我们每次都会以"希望再见到你。什么时候来我们这边？"作为信的结尾。我现在才明白，其实那天夜里，娜迪亚的爸爸抱着我的肩头反复咕哝的那几句话，可能也是这个意思。

图书在版编目(CIP)数据

离别的声音/〔日〕青山七惠著；竺家荣译.－2版.－海口：
南海出版公司，2016.8
　ISBN 978-7-5442-8247-5

Ⅰ.①离…　Ⅱ.①青…②竺…　Ⅲ.①短篇小说－小
说集－日本－现代　Ⅳ.①I313.45

中国版本图书馆CIP数据核字(2016)第060237号

著作权合同登记号　图字：30-2012-005

离别的声音

〔日〕青山七惠　著

竺家荣　译

出　　版　南海出版公司　　(0898)66568511
　　　　　　海口市海秀中路51号星华大厦五楼　　邮编 570206
发　　行　新经典发行有限公司
　　　　　　电话(010)68423599　　邮箱 editor@readinglife.com
经　　销　新华书店

责任编辑　翟明明　刘恩凡
装帧设计　韩　笑
内文制作　田晓波

印　　刷　北京汇林印务有限公司
开　　本　850毫米×1092毫米　1/32
印　　张　6.25
字　　数　110千
版　　次　2012年5月第1版　2016年8月第2版
印　　次　2016年8月第2次印刷
书　　号　ISBN 978-7-5442-8247-5
定　　价　39.00元